俗通
说小

仁科 著

四川文艺出版社

目录

01

005　　地球仪

009　　发廊

013　　电影爱好者

018　　破旅馆之梦

022　　云

023　　红城快车

027　　工作、走鬼、骗子、小偷，
　　　　还有小赵的青春歌舞团

044　　杀人犯

045　　without 狄仁杰和包青天

046　　故事大王

047　　梦幻士多店

053　　露水

058　　乐队

060　　文身店的爱恨情仇

064　　歌手和古惑仔

02

071　在城市之中

074　人性的弱点

080　懒汉鱼

085　巴浪鱼之梦

091　老鼠和啤酒妹

100　明天太阳会从财富广场升起

105　守株待兔

106　抢劫

107　"美猴王"

110　火影忍者和蜘蛛侠在街上派传单

115　三和大神

117　鬼

118　迷路鬼的故事

121　外卖仔

122　打兔子

130　一个小屁孩打开笼子放走一只鸡

131　　音乐鸡

132　　绿岛西餐厅

134　　烩面和蟑螂

140　　蟑螂

142　　情书

150　　情歌

151　　偷东西、学习、火车梦

03

157　　宝石城

162　　工业革命

163　　交通事故

165　　卡拉永远 OK，爱情瞬间破碎

175　　镜子

176　　瘦子的故事

177　　爱情的故事

178　　梦中梦

183　　旅行、蓝色的水母，还有一巴掌

191　　螃蟹横着走

196　　电驴

198　　一条空空荡荡的大街

199　　沙发

200　　马戏团和流浪歌手来到捷胜城

214　　疯马村永恒的一天

235　　骆驼停在斑马线上

237　　鬼故事、八哥鸟、索菲娅，
　　　　还有一条蛇

4

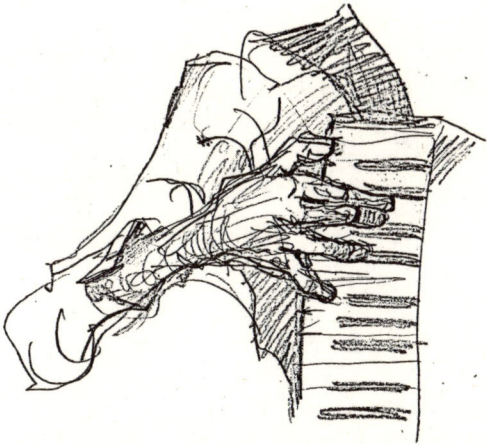

01

地球仪

我有一个地球仪
我会一句班巴拉语
在马里共和国我钓到一条鱼
鱼儿变成威士忌
土地贫瘠骆驼在哭泣
我将威士忌洒在沙漠里

我当然知道葡萄牙在西班牙隔壁
你也非常清楚我现在还深爱着你
沙漠中的摇滚乐冲出了沙漠
地球仪上的苍蝇还留在地球里

我想，今夜我喝多了
不过，话又说回来
为什么你还是滴酒不沾
为什么你还是铁石心肠

我真希望地球是平的

就像在超市里买的平底锅那样

这样我们就不用没完没了

这样我们就可以真正去到天涯海角

从西伯利亚到蒙古大草原

从泰国、柬埔寨到老挝、缅甸

从列宁格勒再到旧金山

一路上带着五塔标行军散

我真希望时间都错乱

这样就可以在旧上海碰到周璇

在改革开放初期经商

这样就可以

为泰坦尼克上面的乘客

做最后的表演

我想，今夜我喝多了

不过，话又说回来

为什么你还是滴酒不沾

为什么你还是铁石心肠

地球仪

桌上放着一个头像。它是用竹子做的，竹根做成头发，很酷的朋克头，很摇滚，竹头做成侧脸，轮廓像个外国人，样子有点像苏联作家高尔基，但某个角度看起来又有点像鲁迅。我一般叫它"朋克高尔基"或"摇滚鲁迅"。

头像底下压着一本《通俗小说》，旁边一个白色骨瓷茶杯，杯沿崩了一个小缺口，围着一圈茶渍。一杯颜色发黑的普洱茶，有虫子在上面飞来飞去。

房间有个书架，上面的书、影碟堆得乱七八糟的。一张单人铁架床，枕头旁边也堆了一些书、杂志。被子上散落着几张照片、一串钥匙、一本笔记本。床头柜上面放着一包打开过的苏打饼干、两盒泡过的方便面，面已经吃完了，剩下点汤水。

我将那几块饼干吃掉，穿上牛仔衣离开了房间。

一层楼里有三个房间，厕所公用，就在楼梯口。我打开水龙头洗了个脸。

这栋出租屋有七层，房东住五楼。五楼跟其他楼层不同，单独一个很漂亮的木门，上面倒着贴了一个金色的福字。楼梯下到四层就开始乌漆墨黑了，握手楼都是这样的。过道里窜出一只小老鼠，它快速爬上走廊的栏杆，消失在楼与楼之间的夹缝中。

到楼下我点了根烟，猛抽两口。小巷子里没路灯，但租户窗口透出的灯光已经很 OK 了。

巷口有个垃圾堆。垃圾堆是周围的人有心无意堆起来的。有指定垃圾投放点的，但远些，图个方便，人们从楼上不出门都可以扔出垃圾，省事。

远处传来铃铛的声音，环卫工人推着垃圾车缓缓走过来。对面出租屋的铁门打开，有人扔出两塑料袋垃圾，关门。那两袋垃圾，从垃圾堆最高处滚下来，鸡骨头、米饭、卫生巾、烟头、易拉罐散落各处。

在垃圾堆旁，环卫工人拿出一把铁铲，开始工作。一铲下去惊动了垃圾堆里的各种小动物，蟑螂、老鼠、苍蝇、蚊子、蚂蚁到处乱窜。

我将烟头扔到了垃圾车里，离开巷子朝村口走去。

在一家快餐店里我点了份即炒快餐。一碗米饭，一碟苦瓜炒蛋放在我面前。这家快餐店有十几年历史了，以前对面楼的一楼是一家超市，二楼是网吧，三楼棋牌室，现在整栋成了桑拿城。

桑拿城的霓虹灯招牌很亮，还好最近门口来了几档烧烤，从我这个角度看，烧烤档飘起的浓烟让霓虹灯看起来没那么刺眼。

烧烤档的生意很好，快餐店的人不多，除了我还有两三桌客人，其中一个是兜售小玩具的流浪商人，我之前见过他几次，河南洛阳人，样子长得像兵马俑。我跟他买过一只平衡鸟和一个发泄球，发泄球弄丢了，平衡鸟被我送给了房东的小孩。今天这哥们儿带了一个新玩意，一个会发光的地球仪。要转它，它才发光，我猜就是手摇发电机的原理。快餐店老板给他儿子买了一个，他儿子是个傻子，坐在门口一直在转那个地球仪。

饭吃到一半，突然间断电了。周围的人同时发出了不同频率的叫声，还有人不小心砸烂了玻璃杯、啤酒瓶，就像上个月看世界杯，球刚好撞到门柱上也产生了这种效果。

黑暗中，那个地球仪，越转越亮。突然，我想，如果我小时候能有一个地球仪，一个会发光的地球仪，那我的人生轨迹绝对会不一样。瞬间明白了命运其实就是这么简单。

发廊

很多年前，我在发廊工作过一段时间，做过地地道道的发廊妹。工作是我自己找的，面试很简单，老板问我会洗头吗。我说会，洗头谁不会啊。我们就这样一问一答，就这么简单。当时他们正缺洗头妹呢。

发廊里有男孩和女孩。男孩负责剪头、染发、焗油；女孩负责洗头、洗脸、按摩。我很快就学会了各种洗头的方式，还有如何说服客人舒舒服服洗个脸。我还会将镜子、玻璃窗擦得干干净净。老板很开心。

发廊里天天播着舞曲，他们个个都喜欢跳舞，但个个都跳得很业余，个个走起路来，屁股都会跟着节奏一扭一扭的。这些我都学会了。

那会儿城中村里的发廊还会挂木村拓哉、深田恭子、酒井法子的海报，还有一些港台明星的海报。发廊会播一些劲歌劲曲，有些歌听起来特别怪，整个调调都变了。记得其中有一首本来是谢霆锋唱的，改编成舞曲后，节奏很欢快，但谢霆锋的声音全变了，听起来像是一个鸡嗓子的人在唱歌，很滑稽。每次播到这首"舞曲谢霆锋"，我就在那大笑。

来发廊的客人，什么样的人都有。有些人看起来斯斯文文的，但嘴巴很贱；有些人满身都是文身，但说话像个娘娘腔；有些人毛手毛脚，小动作特多，碰到这种人最好的办法就是停止揉他的头发，掐住他的脖子，掐死他；还有些人来发廊，想了半天想剃个光头；也有些人很爽快，一进门就直截了当，指着郭富城的海报说，我要剪这个发型。

给客人洗头，肯定要陪他们聊天吹水的。

你年纪多大，哪里人？

你猜。

你什么星座的，有没有男朋友？

你猜嘛。

就这样猜一猜、聊一聊，一天就过去了。

有一次，一大早来了一帮人。神经病，说要在发廊里头拍电影。老板一开始不愿意，怕麻烦。后来他们磨了半天，老板才同意，但也不能搞太久。老板一脸不耐烦。他总是一脸不耐烦，开心的时刻很短暂，一天就那么几个瞬间，都是不经意流露出来的。他可能是看了某些管理学的书，要在员工面前建立一种威严。但，何必呢，他其实是个很可爱的人。

拍电影的那些家伙得寸进尺，说要追求真实感，想让发廊的洗头妹来演洗头妹。结果又挑了负责收银的来演洗头妹。这个可以理解，因为她最漂亮。但她笨啊，没有表演天赋。她手在抖呢，太紧张了，我去，一开始就搞错，将护发素当洗头水来涂，然后就是吐舌头。哎呀，我真的是烦死她了。

最后，她还是演不了洗头妹，演不出导演追求的那种真实的感觉。她怎么演得了啊，她本来就是个收银的嘛，要真实的感觉应该叫她去演收银啊，叫她去演洗头不就是追求虚假嘛。经过一番折腾，我估计她现在连收银的都演不了。她脸都青了，都快哭了。把我们给笑死了。

没办法，只能换人。大家在那里商量，导演看着墙上深田恭子的海报叹气，我心想他会不会在想：要是深田恭子在就好了，可以让她来演。我的脸虽然和深田恭子差十万八千里，但我的身材和她差不多，而且我很醒目。我就跟导演说，我会演，我来试试。其实我也不知道我会不会演，但，管他呢，人生如戏嘛。

不过说真的，一开始对着摄像机还真别扭。那玩意让人紧张。但，管他娘呢，戏如人生嘛，很快我就习惯了，进入角色。忘词了，我就瞎说，就像平时那样跟客人瞎聊胡扯。结果导演很喜欢，说台词改得很好、很经典；演得也很好、很自然。他问我有没有学过。我很开心，我说我没有学过，但我喜欢看电影，我就是一个电影爱好者。

电影爱好者

城中村环卫部门定期会做一些杀虫工作。通常这一天比较混乱，老鼠乱窜，满街死蟑螂。保安人员踩着单车巡逻，在各个小巷走来走去，车轮咔咔咔地把蟑螂和老鼠的尸体碾成了肉泥。

我溜进了丽都桑拿城，扫黄之前它叫梦幻洗浴城。

桑拿城门口站着个穿粉色旗袍的女人，她递给我一个手牌。接过手牌后我快步走上楼梯，楼梯转角处有一面大镜子。上二楼时我退回一步，回头看镜子。我的发型没乱，刚才那阵风，将垃圾吹得到处都是，也将细叶榕上的雨水刮下来，我的衣服被打湿了。通过镜子，可以看到整条铺着红地毯的楼梯，看到一楼怀旧的大理石地砖，还能透过对面的落地玻璃看到街上的行人。

走进二楼的男宾接待处，一个侍应接过我的手牌。他用带有地方口音的粤语念了念手牌上的阿拉伯数字。这组数字用粤语读出来感觉不太吉利。他拿着我的手牌走到相应的柜子前，对着电子锁"嘟"一声打开了柜子门。我将衣服一件一件脱掉，露出左胸很酷的龙文身和右臂一个失败的骷髅头。侍应接过衣服，一件一件挂进柜子里。

我一丝不挂走进洗浴大厅。左边一排淋浴室，一间间用磨砂玻璃隔开，右边是一个大梳妆台和两间桑拿房，中间一个温泉池，厕所在斜对面，正对面有个楼梯通往三楼贵宾休息室。

从淋浴室里走出几个中年男人，他们说说笑笑，三个跳进温泉池，一个在梳妆台边拿棉签掏耳朵，两个走进厕所，另一个在饮水机边接水喝。

墙壁上挂着个大电视机，电视里播着一部港产片，配乐很好听。有一部很酷的独立电影也用了这段音乐，电影叫《朋克高尔基》，讲述一起凶杀案，杀手动手时就播着这首曲子。那部电影很好玩，里面三个主要演员一句台词都没有。其他跑龙套的路人甲却说个不停，各种口音都有，很好玩。有一幕就是在附近一家发廊里取景的，我印象深刻：

发廊里放着舞曲，舞曲唱的语言很怪，一个中年男人在调戏发廊妹，说他全听懂了，唱的是波斯语。他说他曾经去过土耳其，听过这首歌。发廊妹问唱的是什么。他一句一句翻译给她听。接着还将发廊变成地球，带着发廊妹横跨大西洋：你想象一下，我们的位置是美国，你是华盛顿我是纽约。这排镜子是大西洋。对过去那两个发型师是葡萄牙和西班牙。旁边帮人洗头的靓女是法国，她在帮德国洗头。那两张凳仔[1]是荷兰和比利时。角落里焗油的老太婆就是英国。发廊妹问那中国呢。他指着对面的沙县小吃。沙县小吃就是中国。但马上又觉得搞错了，如果发廊是地球的话，沙县小吃已经是外太空了，所以最后还是认为发廊的落地玻璃才是中国。这时镜头对着落地玻璃，几秒后，透过玻璃看到杀手从街道经过。这里不需要蒙太奇，镜头马上跟上杀手的步伐，离开了发廊。

---

1 即凳子。——编注，下同。

杀手的样子一点都不酷，很普通，就是那种消失在人海里的长相。不知道是演技问题，还是导演刻意要求，他演得很僵硬，很怪。但也就这点显得他很特别。

其中一幕很关键。

在一家餐厅门口，一个打扮成财神爷的乞丐，背把吉他在唱歌乞讨。店里有位客人给了他五毛钱，他嫌少，没走开，继续唱那些很难听的流行歌。老板娘怕影响生意，走出来轰他走，一不小心扯破了他的戏服。那套戏服虽然不是纸糊的，但瞅着就可怜，穿得太旧了，风吹日晒，缝缝补补，变得脆弱，一扯就破。乞丐财神爷死活要让老板娘赔他衣服。混乱中小偷趁机拿走了杀手的背包，从餐厅的侧门走掉。

镜头跟着小偷回到出租屋。小偷将包里的东西倒到床上：钥匙、钱包、笔记本、几张照片。接下来的情节是，笔记本的内容引起了小偷的好奇，他按照这些线索来到一间桑拿城。

我从侍应那里拿了一条毛巾，往其中一个淋浴室走去。布帘拉上。一红一蓝两个旋转式水龙头开关，我伸出双手习惯性地同时将它们拧到尽头。

如果杀手这个时候进来桑拿城，他也得把衣服脱光，他也只能一丝不挂地走进淋浴室。在没有任何武器的情况下，他只能徒手把我干掉。

杀手也许会从消毒柜里拿出一件浴衣，抽出腰带，往我这间淋浴室走来，趁我在擦背的时候，用腰带勒死我。虽然这种杀人方式电影里很常见，不过也特别有用，一分钟就能把我给解决了。想到这，我喉咙有点痒痒的。真可怕，幸亏我没什么仇家。

杀手动手的那一幕，拍摄得很好。镜头从水池里缓缓推上来，可以看到池底那些色彩斑斓的东南亚瓷砖，还有水池里的灯，很梦幻。镜头推出水面时，可以听到几个泡澡的男人在聊天，谈论一则新闻：附近的一个房东被租客敲了头，死在家中。保险柜被撬开了。

最后凶手在一家快餐店被警方抓获。他没有反抗，手脚僵硬，像块木头那样被警察抬走。又一说法，他只是个冤大头，凶手另有其人。

破旅馆之梦

从河水村到彩虹村，再到石牌村。

我云里雾里晃了一整夜。再过一个小时天就亮了。石牌村跟其他城中村一样，住在里头的打工仔、上班族、创业者、杀人犯、妓女、酒鬼、人渣败类把它折腾了一夜后，留下一堆垃圾在街头巷尾等着环卫工人来打扫。尿骚味、呕吐物到处都是。

我在一家兰州拉面馆点了碗拉面。清晨，我是这里唯一的客人。拉面馆里面干干净净，小弟在揉面团，厨房传来剁肉声，墙壁上贴着一张西北风光的喷画，蓝天白云，绿水青山。群羊在草原上吃草，我在这里吃拉面。

一碗牛肉拉面，上面漂着几片牛肉，像新生的树叶……

给我两斤熟牛肉，一斤白酒，像武侠片里的情节。这几克牛肉沫还不够喂我的虫牙。去死吧，再像个娘娘腔那样胡思乱想，太阳又要重新下山了。赶紧吃，吞下这碗拉面，将面汤倒进胃里。

吃完饭了就得去找个住的地方。我可以住在村里面最狗屎的旅馆，它的价格如果便宜到负数的话最好。反正我是从地府里来的，我比狗屎还狗屎，我比零还少。

就这样，狗屎运来了，我看到一家床位五元的旅馆。一间黑屋子里放了四五张床，上下铺，里面已经有七个人在打呼噜了，老板娘说他们都是些辛苦的农民工兄弟。她让我睡在最里面那张破床的上铺。我给了她十块钱，她说不用找了，另外五块钱就当押金，接着叮嘱我不要弄太大动静，尽量小声点，别吵醒他们，说完她便消失了。

我用脚尖走路，尽最大努力将声音压到最小，但我的脚关节在嘎吱作响，看来，我严重缺钙啊。来到床边，我抓住上铺的扶手，双手用力，轻轻一跃跳上了上铺。

很快，我睡着了，和这破旅馆里的另外七个人一起堕入梦乡，加上隔壁屋的老板娘，一共九场梦。梦这种东西，很难描述，虚无缥缈，软绵绵的，不牢固，抓不住。它不像现实中的东西，由分子原子夸克构成。梦中的一切不会尘归尘土归土。现实中的山由树木土壤构成，绘画上的山由颜料构成，梦里面的山由梦里面的山构成。现实中的人由食物、水还有排泄物构成，梦中的人还是由梦中的人构成。这当然是显而易见的，但梦真的不可以用语言来描述吗？也许可以吧，但就像你所说的，梦并不牢固，软绵绵的，虚无缥缈。然而文字语言却是扎扎实实的东西，哪怕错别字和胡言乱语也是清晰的。不过也不妨尝试一下，虽然意义不大。这时，我梦见了一只松鼠。旅馆的其他八场梦：有人卷入一场春浪；有人在梦里通往深渊；有人掉进谷底；有人打牌赢钱，而且快到梦醒的一刹那，还在琢磨着如何把钱带进现实；有人鬼压床；有人从一个蓝色的梦里慢慢进到一个紫色的梦里；有人骑马经过石家庄；有人的梦跟现实一模一样，白天他是个建筑工人，梦里他还在和水泥；夜长梦多，还有隔壁屋老板娘的梦，一开始是一艘船或者一栋房子，在一片不是海洋也不是天空更不是太空的地方上飘着，夕阳的余晖从船头照到船尾，或者说从屋顶照到地基，一堆一堆的谷物放在一个房间里，一只老鼠趁机溜进去偷吃了她的油，油装在传统的米缸里，她打开一扇门想去追赶，一个不大不小，或者说忽大忽小的房间里有几个红色的塑料袋在飘来飘去，老鼠即是塑料袋，塑料袋也是老鼠，梦中它们是同一种东西，或者变来变去，她已经忘记了来的目的，当然也忘了那只老鼠，她打开一扇又一扇门，想离开这里，这时，一个熟人来找她，他在敲门，敲门的声音跟敲门的声音一样，没有隔着一层记忆，声音很实在，哐哐哐，她想去开门，无奈步伐沉重，每一步都让她想起一件往事，第一件事让她想起她的丈夫，她一想起他就哭，于是河流改变了方向往水库流去，她拼命往岸边游，水库里淹死的人越来越多，第二步带出一个画面，一条泥鳅从石缝里钻了出来，走第三步的时候，房间里的颜色产生了变化，现实中的一缕阳光照了进来。最后旁边建筑工地施工的声音将她吵醒。

云

　　我发梦，梦见天空。

　　梦里我的工作就是观察云，根据形状给它们分类。像狗一样的云，像酒瓶的云，还有小云、蘑菇云、乌云……

　　下雨的时候，我和一群鹅一起躲在屋檐底下，我们一起笑话那些没带伞的人，所有的落汤鸡都没带伞，所有的落汤鸡都是呆头鹅。

红城快车

当时我的家乡有街道、商店、学校、政府、医院、烈士陵园、溜冰场、酒吧、人、各式各样的工厂、一条母亲河、几座山、一个车站、一两家电影院、一家桌球城、两三个好朋友、几首用港台流行歌的旋律套上家乡方言的黄色歌曲。当然了，还有初恋。

离开家的前一年我在一个贝雕厂上班，一天工作九个小时，没有休息日。

每天早上我从家里骑单车去工厂上班。妈妈去妈妈的工厂，哥哥去哥哥的工厂，妹妹去上学，爸爸去饭店当厨师。妈妈之前在家里给别人做衣服，算是有一个属于自己的小作坊。

去工厂的路上满是骑车上学上班的人。我骑着单车哼着歌曲，路上经过那条母亲河，听说过去河水很清，鱼虾众多，现在河水发臭。

贝雕厂在城东，过了城东派出所，便可走捷径拐进一条小路，绕来绕去，闯进一片废墟，从一个小斜坡滑下，经过一小段坑坑洼洼的老路，进入老工厂区的大门，右拐一百米左右就到了一个大铁门，没有招牌，没有LOGO，没有名字，什么都没有，贝雕厂就在里面。

早上，厂房很漂亮，阳光从一排玻璃窗照进来。我首先要做的事是将这些老式窗户一个个打开，每个窗户都用一根木棍架起来，很有趣，很古代。

窗户旁边放着几堆贝壳，这些巴掌大小的贝壳里面有一些奇形怪状的增生物，像很多畸形的珍珠不规则地粘在贝壳里面，形态各异。我的工作就是在贝壳上画画，根据那些奇怪增生物抽象的形象发挥想象力。但老板限定只能画一些鲤鱼、龙、鹤等吉祥物。在工厂的那半年里，我一共画了一千多个贝壳，他娘的，我觉得画够了。

县城里头有个酒吧，忘了叫"蓝月亮"还是"超越"，又或者叫"根据地"，我记不清楚了。每天晚上那里都有人在弹琴唱歌。酒吧的酒我消费不起，有一次心血来潮想去问问是否需要弹唱歌手。老板接待了我，我拿起吉他唱起了自己写的歌。由于当时太紧张，弹得不好，老板不爱听，表情很直接。歌手嘛，不能太紧张，又不是去偷东西。

那时候县城的"烂仔"们流行喝一种咳嗽药水，配上可乐，可产生迷幻效果。我也尝试了一下。工会电影院经常放三级片，红城电影院旁边的桌球城上面有脱衣舞表演，溜冰场里播着一些改编自欧美的士高的中文歌曲。有时我喝了那种药水，就踩着四轮溜冰鞋在平坦的水泥地上随着灯光和音乐晃来晃去。

离开工厂的那几个星期，我常常睡到下午一两点，家人都出去上班上学了，只剩我一个人在家里胡思乱想，我想如果不回工厂上班，那就得再去找份其他工作，可是我能找什么工作呢？不找工作行不行？显然不行，或许我应该重新回学校去，但家里的经济又没有任何条件，况且回学校我又能学到什么东西，你说呢？

后来我终于寻到一条出路，编了几个借口，让家人放心，自己心慌慌地离开了县城。离别时很遗憾没用到家乡的车站，初恋也一直没有出现。我是在路边拦的车，一辆红城快车，售票的是同学的哥哥，他免费带我走。

工作、走鬼[1]、骗子、小偷，
还有小赵的青春歌舞团

工作

　　旅馆老板娘告诉我附近有个人才市场，去看看能不能找一份工作。

　　工作，具有动词、名词两种词性。作为动词用，有操作、行动、运作等意思。作为名词用，有工程、制作、业务、任务、职业、从事各种手艺的人等意思。工作的概念是劳动生产，主要是指劳动。一个人的工作代表他在社会中所扮演的角色。那我要扮演什么呢？烦死了。

　　我也想找个好一点的工作，但我这种货色，在县城勉强还算半个人才，在这里就成了笑话了。

---

1 粤语，即流动摆摊的小贩。

南方人才市场旁边有一条臭水沟，其实它已经不那么臭了，但它曾经恶臭过一段时间，所以臭水沟三个字就永远流淌在河面上。它原名叫什么已经不重要了，反正一说臭水沟，大家都知道是在喊它。它也很平静地默认了，没有激起一丝涟漪。

顺着臭水沟往下走，这附近也在修建楼房，一路上沙子、泥土和碎石像巧克力酱那样抹在地上。走着走着，我的帆布鞋不知不觉就和它们融为一体。

我低头看看鞋，再抬头看看天。阳光没有冲破云层，今天是个阴天。阴天也不错，跟我挺搭的。一个落魄的人就应该搭配一个阴天，这是定律来着，就像分手就一定要在雨天，杀人就一定要在月黑风高的夜晚，一个道理。

我回到那个像鸡窝一样的旅馆。睡我对面的人正坐在床上吃泡面，他美美地吃完，然后懒洋洋地将腿伸直，直接架到我的床铺上，问我有没有烟，我给他一根，自己也点一根。他吸了一大口烟，表情很来劲。他太会享受生活了，幸福对于他来说无处不在。他是个聪明人，眼睛发亮，一秒钟看透了我的心。

他说："你可以考虑去干几天钟点工，派传单什么的，攒点钱当本，然后做个走鬼，来钱快，比打工强，自由。可以考虑卖盗版书，现在的经济条件好了，人们开始注重文化，买盗版书的人越来越多。我知道在哪儿拿货，请我抽一包烟，我告诉你。钟点工我也知道去哪找，买瓶老珠江给我就好了，我都告诉你。"

我想，世界上没有比这更好的主意了。

走鬼

米奇老鼠和唐老鸭在街上派传单。派传单一天六十块钱，穿上特殊服装派的话钱会多一些。有些商家想吸引人，愿意多花些钱，雇一些人打扮成唐老鸭、米奇老鼠来吸引路人。

和我一队的是个湛江佬，他一直在唠唠叨叨，说他其实不太愿意穿特殊服装派传单，宁可赚少些钱，便衣出动，像个人那样站在街上派传单就好了，那样安全一点，穿上这种衣服，很容易被人捉弄。

"你永远不知道什么时候会挨别人一拳。有一次，来了一个中学生，拿了传单之后，突然就朝我肚子和下面各打了一拳；还有一次，一个女的，突然紧紧地抱着我，想跟我合照，我知道她不是存心想勒死我，但她那样锁住我脖子会让我呼吸不了，我使劲摇头甩开，她就给了我一巴掌。"

"那你为什么不去做点别的？你之前做什么的？"

我随口问问而已，他就开始他的一生了："一开始在家里那个技校，学那个服装设计还有那个电脑，后来被分配到了工厂，每天加班到十一二点，工资又少得可怜，这都不是事，要命的是还爱上了一个工友的老婆（工厂里那么多女的他都不喜欢，就喜欢别人的老婆）。然后东窗事发……"

"这种情况好像不能用'东窗事发'这个成语，你们在密谋些什么？准备私奔了吗？"

"没有，就是被发现了。"他说。

"那叫抓奸在床。"我说。

"抓奸在床！这也太恶心了吧！没有别的成语来形容吗？"

"不知道，不要用成语了，就说被发现了。后来呢？”

"好，后来被发现了，我被打了，打得很惨，门牙打断了一颗，脸也打肿了。这都没什么，要命的是她为了自保，竟然在她老公面前撒谎说是我强迫她的。那我岂不是就成了强奸犯？"他快哭了。

"后来呢？"

"还有什么后来！后来我跑了嘛！在街上捡垃圾，再后来就开始派传单了嘛！"他突然恶狠狠地盯着我。

"嗯……走吧！时间不早了，我们开始去派传单吧。"我说。

"好，等我把这个鸭头套上。"

那天很热，中午的时候商家搞活动，我们在烈日底下又蹦又跳的，直到我的这位战友唐老鸭中暑倒下。

几天后我背着一个大背包，里面装着满满一箱畅销书，有《水煮三国》《血酬定律》《潜规则》《细节》等等。这些盗版书很多都是直印版，没有错别字，看起来跟正版一样，有时候它比正版还难得，因为有些书突然就被禁了，你买不到正版的。

我站在书城门口走鬼（走鬼可以作为名词也可作为动词）。那里人最多，而且都是来买书的，消费群很集中。但书城的保安有时候比城管还狠，听说之前有走鬼被拖到停车场打了一顿，或者将你的东西踢翻，让你的货物像仙女散花那样，你一件一件去捡的时候，还得小心他们的脚。当然，这种事情不会天天发生，不是每个保安都那么狠，也有个别好的，比如那个歪脸，他就是个好人，会提醒你，快点走，一会领导检查，城管马上到！不过，你也得打起十二分精神，眼观三维，耳听全方位，像动物那样保持警惕。

作为一个新走鬼得盯紧老走鬼，一看有什么风吹草动，就跟着撤。有一个叫赵云的老走鬼，他眼睛一直盯着一个方向，当他感觉到了什么，通常会先往地上吐口痰，下一个动作就是关起他的行李箱，然后推着他的自行车慢悠悠地走了。他满满一行李箱盗版书就绑在他的后座上。他轻易地将自己混入人群中，消失得无影无踪。这时城管的车杀过来了。我跟着赵云躲过了好几劫。

赵云他传授了很多经验给我：如何快速将货物

收起来，一般不要超过三秒，三秒之后，世界就不真实了。他给了我一个黑色的大背包，让我将装书的纸皮箱放在里面，城管一来，我快速将手上的书扔进箱子里，然后拉起拉链，背起背包，混入人群。

如果混不进人群中，这时就得赶紧往后撤，有两三个方案：一个是维多利亚广场的肯德基，你直接走进去，没人拦你，随便找个地方坐下来，幸运的话，你还能碰到一块完整的炸鸡翅，这时你不要犹豫，拿起来就吃，放心那些都是干净的，如果是半个汉堡什么的就算了，留给流浪汉吃；另一个就是，最危险的地方就是最安全的，直接走进书城，往左手边的厕所走去，有尿没尿都进去撒一泡，或者在某个书架前停下来，随便拿一本书看，要很坚定，假装你可能会买这本书；第三，如果已经被盯上了，实在走投无路的时候，躲进草丛，或跑进书城后面的过道里，或者往停车场里窜。不过，我承认，后面这两个都有赌的成分。最好还是去肯德基，如果那天你生意好，去点一份炸鸡吃也 OK，不过，还是算了，进去找个空位坐下来就行了，没必要浪费那个钱，我知道哪里有便宜的炸鸡吃，跟肯德基炸出来的一模一样，甚至比它还好吃。

走鬼

上班族下班的时候，我就出去走鬼，那时街上的人最多。生意好的时候就早点收摊，生意不好，就多等等，这跟钓鱼有点像。

我一般在两个地方走鬼：节假日肯定去最危险的书城；平时就待在暨大西门的建设银行门口。

和我一起钓鱼的人来自五湖四海。经常站在我旁边卖盗版 CD 的是惠来的阿兄，他一直红着脸，脖子也是红的，感觉他一直在喝酒，他解释说他只喝了一点点，易醉。但他老婆说他："再这样喝下去，小心得肝癌死掉，一直说他也不听，每天晚上一瓶白酒，每次都说，只喝一点点只喝一点点，一点点一点点然后就是一瓶！"

阿兄看起来很像个傻子，行为也像个傻子，虽然有时候他会说一些莫名其妙的话，但是，千万不要被他骗了，他真的是个傻子。他经常挨过来和我聊天，翻翻书，说读书很重要，一个人如果不读书命运会很悲惨，一个国家如果不读书就会落后，落后就会挨打。他还推荐我一本好书，叫我去拿货来卖，长销不衰，叫《人性的弱点》。但他又补充道，可惜他自己不认识几个字，没上过学，他是听华威达酒店的保安说的，有时候他会去跟他们一起斗地主，那个保安说全世界的成功人士都在看这本书，还给他读了几段，很好！他继续对我强调，这本书真的很好，你一定要去看。现在，我已经三十六岁了，我还是没看他推荐的那本书，我错过了什么呢？

阿兄的老婆有时候会到天桥上或马路对面摆摊。只要他老婆不在，阿兄的那玩意儿就硬起来，见了女的就调戏。那位批发盗版碟的花姐一出现，阿兄就会过去抱着她。不可否认，花姐长得可以，风韵犹存。但人家是来给你们这帮卖盗版碟的补货的，不是来站街的，拜托。阿兄带了个头之后，其他人也会跟着调戏她，手段都那么低级。阿兄的亲弟弟也跟他一起走鬼，他其实长得还挺帅的，有点像梁家辉，谈不上 A 货，低配版的梁家辉吧，不过还是可以的，眉清目秀。但通常这个时候，他也会跟着一起说一些下流话，虽然他从不毛手毛脚，但他笑得很淫贱。

骗子

走鬼的时候经常会有小偷和骗子出现，小偷只偷顾客的东西，骗子专骗走鬼的钱。骗子一般是群体出动，专骗那些新走鬼。通常一个先过来问你多少钱，你刚回答完，另外一个骗子也过来问价钱，当第一个骗子跟你砍价的时候，第三个骗子也上来拿起你的书问多少钱。在你忙不过来的时候，第一个骗子拿起一张假钞给你，说买一本书，你正要认真检查一下钱的时候，第二个人也想跟你买五本书，第三个人也想买。这时你的内心是喜悦的，我靠，今天生意怎么这么好，你开心到得意忘形，连钱都没细看就装进口袋，然后将自己身上辛辛苦苦挣来的真金白银找给人家，而且是以最快的速度，因为骗子在催你找钱，你自己也希望快点找给他，这样好做下一单生意，下一单可是五本书啊，我的天啊。但是，当你找了钱给他之后，三个骗子同时溜走了，第一个骗子除了拿了你九十块钱真钞，还有一本盗版书。

这时留下莫名其妙的你，这怎么回事？当你意识到怎么回事的时候，你猛地拿起口袋里那张假钞看个仔细，真的是一张 A 货。你就这样被骗了。这个"你"就是我，我第二天摆摊就被骗了。我真是一头驴啊。

小偷

"哎！我的钱包不见了！"

你弯下腰看着鬼摊里的一个玩具、一本书或者一张盗版碟入神时，你的钱包可能就已经不见了。高明小偷就像空气一样，在嘈杂的人群中永远是神一样的存在。但，一旦失手，就全玩儿完了，一下堕入地狱。走鬼里面有很多好事的人，专打小偷，有些还往死里打。

有一次，一个小偷在偷一个女人的包，正好被人发现了，那人大叫了一声："小偷！"

走鬼中一个矮子先冲出来，他是个江西人，卖游戏碟的。小偷见势不妙，拿着包横穿马路。那条马路可不是一般的马路，有四个车道，中间还有一道栏杆，公车、私家车、货车都从这条公路穿过去，非常危险。

小偷横穿马路，是走投无路。矮子冲过去，是头脑发热。就像你平时在电影里看到的场面一样，艺术源自生活嘛。不过，也不能否认有另外一种情况，就是小偷和矮子都受电影的影响，所以横穿了马路。那么，这就是生活模仿艺术。

"别跑！"

"哎呀！好险啊！"

"哇……差点被车撞死。"

大家都在看着他们。喇叭声、刹车声、司机的骂声，还有矮子的叫声，人群里议论的声音。这出戏才刚刚开始。

另外两个走鬼——卖打口的黄毛和"梁家辉"，从天桥上跑过去支援矮子。小偷躲过几辆车，好不容易跑到对面马路去了，结果被赶到的"梁家辉"踹了一脚，当场扑街，摔了个狗吃屎。

这时矮子也冒着被车撞死的危险冲到了马路对面，他几乎把他一生受到的委屈都发泄在了小偷身上，使劲踹他。出人意料的是黄毛，原以为他和"梁家辉"一样，是过去当援兵，合伙一起打小偷的，没想到他是来劝架的，他拉开了矮子。"梁家辉"一把将小偷手里的包夺回来，像个英雄那样跑回来，将包还给了那个女人。

　　最后矮子和黄毛将小偷押回来，我看到小偷一直在求饶，最后他们在下天桥的时候，把小偷给放了。就在小偷跑下天桥时，胖哥出现了，他看起来很凶，像黑社会老大，作为走鬼，他的形象很可以，他是专卖咸片[1]的，城管见了他也不敢收他的东西，因为他的样子太吓人，感觉他随时会杀人。从天桥下来有两条道，一条是走人的，一条是给自行车、摩托车走的斜坡道。小偷是从斜坡道跑下来的，胖哥就站在斜坡道的中间，小偷从他身边跑过时，他故意伸出脚绊倒了小偷，小偷滚了下来，就这样摔掉了两颗门牙，满脸是血，最后一瘸一拐地离开了这条街。

1　粤语，即色情片。

小赵的青春歌舞团

走鬼和走鬼，面对城管的追捕，大家都亲如同志。但在平常，那感情就很微妙了。大家都想争一个好的位置，这是一个弱肉强食的舞台，街道就是丛林，求生欲、对金钱的渴望暴露了人们动物性的一面，按照达尔文的说法是"优胜劣汰，适者生存"……但谁理他啊，慢慢地，每个人都在这条街上找到了属于自己的位置。

我也有自己的位置，我的位置还不错，因为我与世无争，一副不像做生意的样子，事实上我也不打算做，一旦卖得差不多了，我就早早收摊走人，如果卖得很好，通常第二天我就不会出现了，我就只靠它维持我的基本生存。我要是把走鬼当成事业，那我就是个傻瓜；我要是想靠它发财致富，那我就是个大傻瓜。看着整条街的傻瓜和大傻瓜们，我在想，我会不会是另一种傻瓜。

小赵，另一个与世无争的走鬼。他不卖东西，非要说，那就是卖想象力吧。他给人做签名设计，十块钱五个签名设计，有时候七八块钱也收，看情况，手头紧的时候五块钱也干。

但我从来没有叫他帮我设计过签名，我觉得他的设计很浮夸，俗气。那些来找他设计签名的路人看起都挺正常的，名字也很正常，大都很朴素，像丽娟、俊诚什么的，经他一设计，每个名字都变得很造作。他解释说混口饭吃而已，但有时候他又说签名很重要，特别是在现在的社会，它是一种可以提升自己的东西，一个好的签名甚至可以改变人生，你看过哪个名人的签名跟狗啃的似的，不可能，对吧！所以，我说，小许啊！我来帮你设计一个签名吧，你的签名太不讲究了，字也写得难看。到现在都没有介绍我自己，小赵刚才说的小许就是我，我叫许昌龙。

"你看看，你的这条龙和李小龙的龙还有成龙的龙都是龙，但是，我怎么看都觉得你是一条泥鳅。你下笔一定要有力，最后这一点要有回勾，这一撇也要做点文章，毕竟是一条龙嘛！俗话说画龙要点睛，画蛇不能添足，但是有时候破坏一下也挺好，画龙也给它添个足，有时候效果不错的。等等，写得有点乱了。"

他就这样半推半就地免费给我搞起了签名设计。但，我有我的风格，而他是不会懂的，我也懒得多说。

以前他是干建筑装修的，在深圳有一家公司。后来因为偷工减料被检修人员发现，所以赔钱、坐牢（偷工减料为什么会坐牢呢？搞不清楚。听另外一个走鬼说，他的施工队死了人，搞得不明不白，所以……）。从牢里出来后世界变了，生意不可能再做了，也离了婚，想过自杀。本来就不想活，他说。我问他为什么。他没有回答，眉头紧锁地看着车流。

后来他到处走了一段时间，瞎混呗。跟了一个歌舞团，就这样走了几年。一开始打杂，之后团里乐队的鼓手走了，他就去打鼓；歌手走了，他就去唱歌，弹弹吉他。随便，他说他那三脚猫功夫可以忽悠忽悠，反正观众也没什么要求，他们主要是来看美女的。

我想起了在宝石城，红城电影院旁边的"脱衣舞"表演："劲歌辣舞，极致诱惑，嗨翻全场"。售票处两侧摆的都是火辣辣的宣传海报，上面都是些袒胸露乳的女性形象。

小赵说我想多了，他们的歌舞团还是有点正规的，里面有一些很健康的文艺节目，像小品、耍杂技、变魔术。当然，也有女孩子上去跳脱衣舞，这是重头戏，但不是那种全脱光的脱衣舞。我们是有底线的，底线就是三点不露，但也极具诱惑。

"后来，有一次，哎！这事我都不愿意提，当时有一帮地痞流氓，专门来搞事的。这些流氓，我见多了，差不多就得了，不用玩得那么尽的。他妈的！直接冲上舞台对着那几个穿泳衣的女孩动手动脚，又摸又抱又亲。傻X啊！当时观众乱作一团，其中一个女孩是乐队萨克斯手的女朋友，她被一个流氓按在地上。愤怒之下，萨克斯手拿起地上的石头，砸破了那流氓的头。后来，流氓拔刀子了。我本来是上去劝架的，也被捅了一刀，而且是致命的一刀。我昏迷了好几天，醒来后，歌舞团的人已经走了，医生告诉我，我已经死过一回，往后要小心了。"

杀人犯

　　有一天沙县小吃来了个杀人犯，他要了一笼蒸饺，一碗拌面。吃完，他付了钱。走了。

without 狄仁杰和包青天

　　很多年前他卷入一桩乌龙案，被冤枉杀人抛尸于荷花塘，虽然证据不足，事实不清，但是罪名成立，他被判处死缓。有人劝他画押认罪，服从改造，可以减刑也不影响伸冤。但是他说事发当天他真的什么都没有干，只是喝多了躺在马路边。

　　这是葫芦僧判的葫芦案，without 狄仁杰和包青天。最后盼星星盼月亮，终于盼来了个大太阳。感谢王律师帮他翻了案。

　　事情的经过我就不多讲了，他出狱后第一时间就赶去爹妈的坟前，如今乌云散去明月开，他也从年轻的小伙子变成了地中海大叔。

故事大王

他七岁读书，八岁辍学，九岁出海捕鱼，十岁从船上掉了下去，十五岁从海里游回来，他带回来了一袋劳力士手表和一袋神话故事。从此他的职业就在天桥下讲古。二十岁那年，他的故事讲完了，开始重复。

梦幻士多店

　　左边两台冰箱一个小冰柜，右边一排货架，门口一个收银台。货架的第二排放着一个电视机。电视播着一出韩剧，家庭伦理，婆媳关系，道德沦丧，爱情友情亲情全在电视屏幕里。

　　正面的墙壁上，挂着个金色的塑料挂钟。挂钟上方贴着一张喷画，底下挂满了零食，泡椒凤爪、酒鬼花生、香辣鱼干。留心观察，在酒鬼花生和泡椒凤爪之间隐藏着一个门把手，打开门进去，里面是一个粉红色的世界。

　　这是地球上隐秘的一角，一间不大不小的房间，一面墙上堆满了一箱箱的零食、汽水和啤酒，三张沙发和两把太师椅上坐满了小姐，她们都很漂亮、年轻。房间里香水味、汗味、零食的味道混杂着花露水和潮湿空气的气味。墙上贴着几张女明星海报，站在深田恭子旁边的是一位新来的少女，之前没见过，脸上没有浓妆，比起其他人，她清纯得简直像个售货员。在她身后有扇小门，通往各个出租屋。

我跟着她走出小门，穿过彩虹街，拐进另外一条小巷，没走多久便到了。她停住了脚步，掏出钥匙打开铁门，她步伐轻盈，一步两个台阶，很快走上二楼。我喝完手中剩下的啤酒，扔易拉罐在旁边的垃圾堆里，便跟了上去。我的行动没她那么方便，我的左腿受伤了，原因很简单，就是为了一个女人被两个男人打，打伤了左腿，现在走路还行，上楼梯有点不太方便。她从二楼的楼梯夹缝朝我说一声："上楼要当心点，回南天这小楼梯特滑。"

我气喘喘上了五楼，她已经躺在床上抽起烟来了。房间里只有一盏灯，红色的电灯像颗红矮星，发出暗暗的光，一只飞蛾像行星那样围着它飞来飞去。房间很空，只有一张床，其他什么都没有。一个窗户紧闭着，没有窗帘，玻璃窗用报纸糊着。

她现在变得很轻松，像个老手。她说想让她脱掉上衣的话，得付双倍的价格。她在敲诈，但她值这个价，况且我现在已经在她的小宇宙里了，她想怎样就怎样吧，无所谓。

完事之后，我艰难地下楼，四楼、三楼、二楼。二楼传来一阵阵抽打声，皮鞭抽打地面的声响，偶尔打在了人身上，一个女人在抽打一个男人。声音从一扇绿色的铁门传出来，这种门没有任何隔音功能，你能听到里面的呼吸声、呻吟声。

我凑近铁门，里面的声音越来越不真实，越来越不正常，感觉气氛越来越紧张。我再往前凑近一点，耳朵贴着冰冷的铁门。门出现一条缝隙，没锁，里面的粉红灯光溢了出来，我慢慢地推开它。门打开，一只猫溜了出来。房间里没有人，一张床，一盏灯，一个窗户紧闭着，没有窗帘，玻璃窗用报纸糊着，角落一个小柜子上放着个电视机，声音来自电视机。

在士多店妓院散落各处的一个小房间里，小姐和客人都走了，电视机忘了关了吗？也许跟刚才短暂的停电有关。房间里没有什么值钱的东西。地上放着一个金色的塑料钟，墙上挂着一幅行画，正方形，小小的，大约两包酒鬼花生的大小，画了几棵椰子树，沙滩上坐着一个美女，手里拿着一杯红色饮料，杯口上放着一片青柠檬，美女的头发上好像插着一束紫罗兰，长长的卷发遮住了她的胸脯，看肤色和脸型像美洲混血儿，远处有一条小狗走过来，但画上面伏着一只壁虎，挡住了它的头，看它的脚估计是一只雪纳瑞；更远处好像还有个冲浪的人，像油迹似的看不太清楚。

那位少女抱着猫走了进来。她被我吓到了，一松手，猫掉了下来，它敏捷地钻进床底，一只蟑螂快速从床底爬上墙壁，躲到画的背面，惊动了那只壁虎，它离开了那幅画，从门缝爬出房间，这下看清楚画里那只狗的脸了，原来它是一只猫，一只波斯猫。

她问我怎么还没走，我问她这是谁的房间。她说是美丽姐的。美丽可能是化名，每个小姐都不会告诉你真名，她们有好几个化名呢，今天是美丽，明天可能就是小芬，这不重要，重要的是我现在很想见见她。

她告诉我，在士多店里面，穿紫色吊带裙的女人就是美丽，胸口有一个很漂亮的文身，坐在其中一把太师椅上，长发，卷发，大波浪卷，她身后的墙壁贴着张柏芝的海报。我没有一点印象，我没发现有这么一个女人。

我让她去叫张美丽过来。她说好，但她告诉我美丽不姓张，姓曾。不重要，重要的是叫她过来，顺便帮我带瓶啤酒跟一包泡椒凤爪。

我关上门，将DVD机关掉，屏幕发出蓝光。蓝光照在地板上，跟房间里粉红的灯光混合着，很梦幻，很漂亮。浪漫了两分钟后，我拿起遥控切换成无线电视。电视播着征婚节目，一个男人在挑选二十个良家妇女。

那个金色的塑料钟时间不对，我将它校准后想找个地方挂起来，但整个房间只有一颗钉子，挂着那幅画。我只好又将它放回原位。

房间有点闷，刚才有人在里面抽了不少烟，地上的烟头，有些粘着口红，有些咬出牙印。我将窗户打开，窗外的风景一半是对面楼的墙壁，一半是对面楼的楼道。透过对面楼道褐色的玻璃窗，我看到一男一女走上楼梯，男的在抽烟，女的看着我。她应该也是小姐，对面楼也有一些粉红房间。我也点了一支烟，对着窗外吐出一个烟圈、两个烟圈，第三个失败了。

过了十几分钟，美丽还没来。我躺在床上将电视频道切换成广东新闻。最近新上任了一位市长，他想改变这座城市，他想铲除一切黄赌毒，他想让珠江的水清澈见底，可以直接拿来喝。看着看着，我开始感觉到危险，也许他已经开始行动了，士多店已经被扫黄大队包围。我关掉电视机，去厕所洗了个脸，整理一下头发，离开了房间。

从彩虹街拐出来，由于刚刚走得太快，我的头很晕。我在一家沙县小吃店喝了个炖汤，醒醒脑，然后往士多店走去。士多店还开着，跟之前一样，看起来没有经历过什么风险。我走进去打开冰箱取出一瓶啤酒，往收银台扔了三块钱，便去找酒鬼花生和泡椒凤爪，那个原本隐藏的门把手现在格外醒目，少了一包泡椒凤爪。我将门打开，里面一个人都没有，两条白炽灯管照亮了整个房间，墙上挂着一个金色的塑料钟，女明星海报全不见了。

露水

那时，暨南大学西门的一处草丛里，经常有个日本留学生在那弹吉他。我每次去摆摊都从那边经过。他在那里弹奏一些古典曲子，很好听。有一次，我上去搭讪，请教他这些曲子都是谁写的，为什么这么好听。

日本留学生四十来岁，叫松宫，他之前在香港待过，粤语讲得很好。他说他在日本生意失败以后，才来中国留学的，他想重新开始。这究竟是一个什么样的国家，生意失败以后还能来中国留学？完全搞不懂，但我也没多问。听他讲话不会想到他是外国人，长相又跟我们差不多，黄皮肤，黑眼睛。如果说他是广东周边哪个县城过来的，我应该也会相信。

他手指不长，但很灵活。我的手指很长，可是又不会弹吉他。他说很可惜，应该学一学。我问古典吉他多少钱一把。他说附近一家琴行，有卖一些很便宜的练习琴，他弹的这款就是在那儿买的，九十块钱一把。不过得稍微改装一下，他指着吉他的音孔告诉我。我不懂，但觉得这家伙讲究。他把吉他的音孔加宽了之后，还特意在旁边刻了一些图案，刚好绕音孔一圈，像是什么图腾，谜一样，神秘得很。

九十块钱一把吉他，无论我怎么磨，还是九十。琴行售货员很不耐烦，他警告我，不要再讲价了，他说他今天牙痛，心情很不好，说这是特价琴，亏本卖的，不买滚蛋。

之后，我每天下午都拿着吉他，练上一两个小时再出去摆摊。其他租客都去上班了，整层出租屋安安静静，只有我在拨弄琴弦。

我跟阿珍交往也是缘于吉他，因为她喜欢吉他。那天地铁口有一大帮人在唱《海阔天空》，我背着吉他去找松宫，从天桥往下看，远远就看到了她。阿珍她那头金发在黑压压的人群里显得特别招摇。那天天气预报说阴天，局部地区有阵雨，但那一刻阳光从云层的裂缝射下，我看着她，她看着我。那时我连一首完整的曲子都不会弹，仅凭背着一把吉他，就将她搞到手了。她认为男人背着吉他，就像古代剑客佩带刀剑一样。我说她武侠片看多了，她笑了。是的，确实。

后来有很长一段时间，天气很糟糕，一直是绵绵细雨，周围很潮湿，地上湿漉漉。根本摆不了摊。我只能窝在建设银行门口的屋檐底下，手拿几本畅销书叫卖。

整个城中村都很潮湿，蟑螂老鼠四处乱窜。由于持续降雨，日本人也从草丛里消失。为了"创文"，城管到处抓走鬼。他妈的，摆摊卖盗版书的日子也该结束了，生意已经没法做了。我觉得是时候改变一下生活，重新开始，找一份稳定的工作。

后来在酒吧工作，我认识了文身师梦妮。我的第一个文身就是拜她所赐。也因为这事，阿珍跟我闹了几个星期，扬言要杀了我，杀了我这个臭傻X。我将家里的刀具都扔掉，统统用报纸包着扔出窗户。阿珍每天三更半夜尖叫，让我神经衰弱，我一直处于紧张状态，没有谁能救我，吉他也被砸烂了。我不担心她会杀了我，我担心她疯掉，人如果疯掉，那就太可怜了。

爱就是占有，爱和恨看似对立，其实绑在一起。我越想越头疼。在酒吧里，我时不时偷喝点酒，这样会好受一点。有一次我偷了一整瓶威士忌，跑到江对面去，喝多了，躺在草丛里睡了一宿。第二天睁开眼睛，空气清新，阳光照着我，货车驶过高架桥，周围的叶子、易拉罐、塑料袋上都伏着一层露珠，我看到草丛里藏着一串金闪闪的金手链。

这串金手链是假的，我一眼就看出来，它太假了。小时候我爸在街上捡到过一串金链，那串比较真，他也认为是真的，我也认为是真的，我妹妹也认为是真的。他将它送给我妹妹，我妹妹将它藏起来。后来，他没钱了，叫我拿去金铺当掉它。我觉得丢脸，不敢去，但又不敢抗命，我就怂恿我妹妹去，她也不肯，在哭，我就哄她，骗她，打她。当走到金铺门口，我就溜走了，躲在远处看着我妹妹从金铺走出来，她哭了，说金链是假的。

我带着这串假金链回去。阿珍毁掉了所有家具，给我留了一张字条，上面写满了诅咒。她的书写逻辑混乱，还有错别字。我真希望她能换一种表达方式。

乐队

我和小鸟、青蛙、兔子组了个乐队，一个只唱情歌的乐队。我们从山里下来，到城里去卖唱，路过一条河。我身上的乐器沉重，兔子又不肯下水。就这样我们失去了一个鼓手，一个才华出众、会敲塔拉[1]的鼓手。

我们在城里的隧道唱着情歌，那是一个夏天，青蛙一边和声一边吞蚊子，城管已经来到了家门口，我身上的乐器沉重，青蛙又吃撑了跑不动。就这样，我们失去了一个绿色的伴唱，一个年轻有为、英俊潇洒、会阿卡贝拉的伴唱。

我和小鸟在偏僻的路边卖唱，躲避了城管，但

---

1 印度古典音乐中的节奏、节拍体系，是一种不均等的复拍，具有循环轮回的特点，节奏模式繁复多变。

同时也没几个人能听见。我们和昨天一样，唱着同一首歌，一个二十年后的恶棍用弹弓打晕了鸟，三分钟后，小鸟的魂魄已经飞上了天。就这样，我失去了百灵鸟。

文身店的爱恨情仇

　　文身店气氛紧张，他手里握着一根古董文身针，一针一针地刺在她的胸口上。外面依旧如此，阳光照不到城中村深处的小巷子里。墙壁上冒起一层水珠，回南天是肯定会潮湿的，就好比女人心碎了肯定会哭。但，今天她哭的主要原因应该是因为痛。在胸口文一个"爱"字，这要比文在手臂和大腿上痛多了。而且今天她还选了一种"古老"的方式来文身。文身师满头大汗，他不是因为紧张，他是心虚。她说她不怕痛，心里面的痛才是致命的，她想用这种方式来解决内心的疼痛，而他是不会理解的。他当然可以理解啊，从短信上虽然不太容易看出来，但，她在情书里可是写得清清楚楚的，她爱上了他不是一天两天的事了。她在超市上班，他自己开店；她朝九晚五，有时加班，他中午起床，有时下午两点，营业时间也很随便。两人很少有机会碰面，那爱是从哪里开始的呢？一见钟情的爱要比在梦里见到你的爱来得更实在，也更加没道理讲。这种爱最难死心。他有煮方便面吃的习惯，超市有给方便面打特价的习俗。她在给一袋袋方便面打上特价标签时，他出现了，手里拿着两罐午餐肉一盒鸡蛋。他剑眉、大眼、郭富城头、身材瘦长，还将牛仔衣的领子竖起来，虽然他这种帅有点过时，有点土，应该说，太土了，土到掉渣，但恰恰符合她的审美，击中了她的心，她不喜欢赶时髦，她喜欢经典的东西，她喜欢命运给她带来了这么经典的一幕。

文身店开在一条幽静的巷子里面，巷子走出去是另外一条热闹一点的巷子，再走出去是城中村里面最繁华的街道。但路不好走，城中村里的楼房盖得密密麻麻，一栋挨着一栋，里面像迷宫。每个小路口看起来模样都差不多，墙上贴满各种招租小广告，还有治疗梅毒和无痛人流的招贴。今天不用上班，她穿上她认为最漂亮的衣服，走过大街小巷。短信上清清楚楚跟他说了，情书里也明明白白跟他讲了。他不理解，他没有爱，他什么都不懂。

文身店门口挂着一个灯箱，灯箱上贴着"纹身"二字。但身字少了一撇，这一撇不知道是被哪个无聊的人抠走的。店内一面墙上贴满各种文身图案，一张沙发、一个小台灯、一张文身床、一把猫王牌木吉他、一个小书架，书架上堆放了一些杂志，白炽灯下他正在翻阅一本摇滚杂志。她走进来了。

她说她这次是来文身的，是客人，付钱的。

他点点头。

请在我的胸口纹一个"爱"字。

要简体繁体还是英语？

什么复杂用什么，什么方式痛就用什么方式。

他点了一圈蜡烛，墙上挂着煤油灯。既然要用痛苦的方式，那肯定不能用电动文身机，只能用最古老的方式一针一针来刺；既然要用最古老的方式来刺，那就不能开灯，电灯好像是一百多年前美国佬爱迪生发明的，而这种古老的文身方式究竟有多古老呢，可能那会儿连蜡烛煤油灯都没有呢！但总不能在店里面劈柴烧火吧，他觉得有点儿仪式感就行了。

"这是一件很久以前的事了。"一次他跟朋友们喝酒时借着醉意提起。朋友们一开始怀疑，后来又责备他说，你不喜欢人家，还上了人家，更过分的是还在她胸口刺了一个"爱"字，这份伤害是永恒的你知道吗。有个朋友还特别强调，最早的文身是用竹刺，你那根古董文身针不可能是几万年前的吧，人类那时还不会使用金属呢，最早都是拿竹子刺。他说他当然知道了，竹刺嘛！另外，爱情的事，他也懂，不过，这事，他说他已经清清楚楚拒绝她了。男女间的事，不都是你情我愿的嘛，你说是不是，谁都没有错，对吧。刺字这事，没办法，他说他当时也挣扎了很久，知道爱情这种东西不可以乱来。

　　"当时我挣扎了很久，最后决定留一手，在刺那个繁体'愛'字时，故意少刺了一撇，所以，严格意义上它不是个爱字，而是个错别字！"他说。

歌手和古惑仔

周围很潮湿，地上黏糊糊，墙上挂着水珠，衣服一股霉味，角落发霉长小蘑菇。

我在一家快餐店点了份即炒快餐，一碗米饭、一碟番茄炒蛋放在我面前。

这家快餐店差不多有十年历史了。对面楼以前是一家酒吧，现在成了利民超市。当年歌手被捅死的地方就在酒吧斜对面的三岔路口。悲剧已经过去很多年了。

记得头七那天，我在出租屋里看电视，我养的狗"埃及"突然间变得很警惕，一直朝门口狂吠；歌手养的猫"纽约"也神经兮兮地躲进沙发底下，久久不肯出来。我意识到一个不可能的事情可能发生了。可能是歌手回来了，他可能想回来拿东西，也可能想住下来。我虽然不迷信，但还是很害怕。

那天晚上"纽约"一直躲在沙发底下，"埃及"时不时吠几声，我则钻进被窝里，等着天快点亮。

第二天我买了一些蜡烛纸钱，拎了两瓶啤酒，回到出租屋。猫还躲在沙发底下，狗还在吠个不停。看来他拿不走他的东西，我得烧给他。我找了一个月饼盒，放在门口。香烟蜡烛点上，我把他的歌词本、笔记本、《基本乐理》、《和声学教程》、一些照片、一份他准备签的唱片公司的艺人合约，连同纸钱一起烧给他。

住在隔壁的一对年轻夫妇回来了，他们也知道发生了什么事，女的匆匆掏钥匙开门，男的蹲了下来，递了根烟给我，接着就拿起地上的纸钱，一张张地往月饼盒里放。

他看起来也心事重重。月饼盒里的火忽大忽小，照得我很心慌。"埃及"对着门口吠得越来越凶，"纽约"还是躲在沙发底下不肯出来。

"老兄，我之前不知道你是音乐家，我天天忙着上班，也没好好听你唱歌，也没跟你好好聊过。远亲不如近邻，我们也算是有缘分。现在愿你平安升天，在天堂可以跟哥哥、梅艳芳这些老前辈好好交流，一起开演唱会。"这位邻居说完双手合十拜了几下。

得知他要签唱片公司那天大家高兴坏了，在酒吧喝到凌晨四点，我喝多了躺在酒吧的沙发上睡觉，第二天醒来，就听说他被人捅死了。监控摄像头拍下了整个过程，沙县小吃的老板是见证人。凶手是个广西古惑仔，三天后被抓。两个人无冤无仇，之前互不相识，两人都喝了酒，歌手在三岔路口跳舞挡住了他的路，他在车里按喇叭。凌晨四五点，喇叭声很刺耳，歌手的耳膜很敏感，他狂按喇叭，歌手不知为何就不走开。他打开车窗指着歌手骂，歌手回骂，骂得更凶，他打开车门走了出来，手里拿着刀，说信不信老子一刀捅死你。歌手不信，这些年在外头没少打架，我估计他不信有人会为了这点事杀人，太无聊了，怎么可能，他根本不信，站在那里笑，他不知道他是在对着阎罗王笑。

02

夜已晚

在一个没有想象力的夜晚

我们一句话都没有讲

那些夜间作业的建筑工人

锤子敲打钢铁的声响

升降机送上一桶水泥

节奏把握得刚刚好

这里发展得太快了

以至于我们都找不到

上次见面的地方

在一个有点怀旧的夜晚

我们待在一个破旅馆

我很想跟你一起走

但我还有些事情要忙

天一亮我就要去一趟人才市场

我不抱太大的希望

鬼知道未来会怎样

秋天吧，我们秋天再见

在一个没有故事的夜晚

我们都不知道该怎么样

停车场守夜的保安

在梦里掉进万丈深渊

收音机收到外太空的沙沙响

今夜我只能待在足疗馆

天一亮我就要去一趟人才市场

随便找份工，这一次随便吧

在一个有点孤独的夜晚

我在这里噩梦连连

我很想跟你一起走

但是我还想要混出个人样

我爱你，我真的没有骗你

只不过，我还要在这里待上一段时间

我不知道我有没有这个勇气

我想我应该可以

在城市之中

　　他竭力从美好的回忆中醒来，当务之急，应该尽快熟悉一下周围的环境，熟悉一下这个城市，看看有什么吃的。

　　城市，也叫城市聚落，是以非农业产业和非农业人口集聚形成的较大居民点。城市是"城"与"市"的组合词。"城"主要为了防卫，是用城墙围起来的地域。"市"则是指进行交易的场所。城市的出现，是人类走向成熟和文明的标志，也是人类群居生活的高级形式。

　　就这样，他在这最高级的形式下走着。他看到很多高楼，也看到一些不是很高的楼，好几条天桥，几个巨大的广告牌，一些人，还有赶着去上班的车，天上飞过的飞机，几个造型还不错的垃圾桶。他穿过隧道，经过一个大型的购物广场，广场上有一个雕塑，它有些抽象。他仔细端详着这个雕塑，看起来像风又像雨，像一团雷和闪电的混合物，又像一个极其复杂的文字，也像疯子的胡言乱语。在二十一世纪初的深圳街头，他穿着一身还算可以的衣服，两眼发光地盯着一个让人捉摸不透的东西。

　　距离这个谜一样的雕塑几百米的地方有栋烂尾楼，楼底下聚集了一些人，那些人都在望着楼顶上那个准备跳楼的人。今天吹着东风，一股咸咸的海洋的味道扑面而来。跳楼的人是烂尾楼的主人，欠下了巨债，走投无路，只好选择一条通往永恒沉睡的路。他的头发被风吹得乱七八糟的。在城市的另一头，几个领导有说有笑，他们在视察一条臭水沟，希望可以将它变成清澈见底的小溪。小溪的上游有三个流浪汉在打牌，两个光着膀子，一个穿着件黄色的 T 恤，T 恤背面印有金龙鱼调和油的商标，他三天前在一个垃圾桶里捡到的，他笑得跟个罗汉那样，用那只布满皱纹的手打出了一对鬼，赢了一局。城市的南边，一对情侣漫步在海滩上，他们在海边待了一夜，为的是看那绚丽的日出，只是去错了海滩，太阳没有从海上升起，而是在旁边的财富广场冒出来。财富广场的一个职员愁眉苦脸，他积怨已久，今天终于鼓起勇气，搭乘电梯去十八楼找他的上司，他想辞职不干了。海滩附近的几个建筑工地都在日夜赶工，灰尘满天飞，根据建筑设计蓝图，周边的居民们应该都知道他们未来的生活要怎么过了：到新建的商业城去看电影，去美食城吃寿司，在特卖场买鞋子，花一块钱从超市里抢购价值十八块的西班牙红酒，到广场去遛狗，看音乐喷泉。现在，眼前的生活，实实在在的每时每刻，就是先忍受一下灰尘，忍受一下那些烦死人的噪音，那些从工地发出的哒哒哒哒，嘣嘣嘣嘣，咔嚓咔嚓，嗡嗡嗡嗡，轰隆……

人性的弱点

　　电视正在播歌唱比赛的节目，参赛者如果将高音推到天花板去，观众就鼓掌；如果没有，观众就不鼓掌。观众鼓掌的话，分数就高，反之就低。阿兄有时候看着看着也会兴奋地拍一下大腿跟着鼓起掌来。

　　阿兄在客厅看电视，他的妻子在厨房里做菜。今天有客人来，所以菜式很丰盛。他们的女儿已经准备好了碗筷，儿子也在帮忙把烧好的菜一碟碟端出来。虽然是大白天，客厅里的两条白炽灯却都打开了。

　　城中村常年阴暗潮湿，阳光再强烈也照不进来，北风多狡猾也吹不进去。

　　妻子已经将饭菜准备好了，催促他快点去接科仔。科仔是阿兄的侄子，听说在上海做大买卖，这几天出差来广州谈生意，今天难得有空，特意前来拜访。阿兄慢悠悠地把烟掐掉，趿拉着皮鞋走了出去。

阿兄出门前在"神之位"前拜了一下，以前在老家，什么"神"都要拜，大到玉皇大帝，小到土地公公。"鬼"也拜，最亲到历代祖宗，最陌生到阎罗王。日常最基本的"神"像财神、关公等等，那就更不用说了，每天必拜。在逃难的日子里，东藏西躲，居无定所，迫于无奈阿兄发明了"神之位"，就是在一块木头上用毛笔写上"神之位"三个大字。这样一来方便多了，你想要拜什么神，就拜什么神，拜之前先把神明的名号说出来，但一定要虔诚，不要心里想着财神嘴上又在拜关公，这不是小孩子在玩游戏，要有仪式感。阿兄今天拜的是有朋自远方来，不亦乐乎。他拜的是孔夫子。

科仔的手机一直在通话中，走了几个路口也不见人。

路不好找，乱七八糟，城中村里头信号不太好，阿兄的手机一直打不通。

阿兄好不容易在一家发廊门口看到了科仔。科仔穿着白衬衫，蓝色牛仔裤，发型是时下最流行的韩国风。一开始科仔表现得过分热情，动作难免有些别扭。打了招呼，寒暄了几句之后，一时之间两人又不知道说啥话，正要陷入尴尬，刚好手机响了，科仔接了一通外国电话，说了几句外国语。阿兄一开始站在旁边等着，一会又换了个姿势倚着电线杆，接着又坐在发廊门口的蓝色塑料凳上。他一刻都停止不了，一坐下来就开始抖腿，他的腿像锡皮玩具上了发条似的，抖得特别机械。人类经过这么多年的进化，丢掉了很多身体技能，抖腿应该是最古老的一种了。阿兄拿左手顺了顺他那秃瓢上面的几根孤毛，他是个左撇子，左撇子脑瓜都很好使，据说十个里面九个是聪明人，不知道阿兄他是哪一个。由于长期酗酒，岁月在他的国字脸上添了一个可爱酒糟鼻。他清了清喉咙，往地上吐了口清痰，这几天吃的中药还是很管用，之前发黄发绿带有血丝的浓痰不见了，换了一口清新黏痰，你要说它是果冻啫喱掉在地上也有人相信啊。阿兄双腿停止抖动，用左脚将痰轻轻地划掉，地面上像是留下了一条东风螺走过的路线。这个时候，科仔也打完了电话。

阿兄先是在前面带路，接着又放慢脚步，跟科仔并肩走着。

城中村里一股霉味，阿兄和科仔穿过一元店、长话超市、成人用品店、私人诊所、麻辣烫、烧烤档、水果摊、糖水铺、梦娜丽莎发廊、报刊亭士多店。士多店的收音机正在播一首港台老歌，谭咏麟跟关淑怡合唱的《明天你是否依然爱我》。某个打扮新潮的美女走进了士多店，她的高跟鞋吸引了他们的目光。发廊就在对面，一股洗发水的芬芳飘了出来，美女叼着香烟走进小巷，远离了他们的视线，她身上的香水味还在发挥作用，那种廉价香水味里藏着很多故事，说也说不清楚。城中村里光线糟糕，头顶上几十根粗细不一的电线，在握手楼之间纠缠不清，阳光再强烈也被它们过滤成一缕缕蜘蛛丝。阿兄继续带着科仔穿过人群嘈杂的街道。每家店铺摆放的货品都溢了出来，占了半条街，使得原本窄小的街道更加窄小，一元店挨着糖水铺，士多店门口放着一个关东煮，成人用品店粘着私人诊所，麻辣烫隔壁是烧烤档，烧烤档过去是水果摊，挨着水果摊的是报刊亭，过了报刊亭就是十元店……

饭桌上，阿兄的妻子一会儿夹片猪腰一会儿弄块鱼头到科仔碗里，说多吃猪腰强身，吃块鱼头补脑。喝了两杯烈酒，满脸通红的阿兄一直在重复几个经典话题，说他小时候没机会读书，长大后被人欺负，后来欺负别人，感慨当年不应该太冲动，又说谁出卖了他，谁帮过他，谁得癌症死了，十年前那个携款跑路的领导又是谁。

阿兄的经典话题一结束，他妻子就开始问科仔有没有女朋友，打算哪个时候结婚。科仔说有，女朋友是个外国人，还没有结婚的打算。阿兄说，外国人好啊，外国好啊，说刚才提到的那个携款跑路的领导，就是跑到外国去的。接着阿兄就问起工作上的事。科仔说他在做翻译，也一直在跟阿拉伯人做生意，但最近叙利亚内战，所以有很多事情要处理，忙，很忙。阿兄说忙好，忙点好啊，年轻就是要忙，要做出成绩来，这样以后才会成功，俗话说，少壮不努力，老来徒伤悲啊。他还说有一本书很好，叫《人性的弱点》，推荐给科仔看，但他又说，可惜他认识的字不多，读起来很费劲，所以也没怎么看，要不然肯定可以跟科仔好好聊聊这本书。他是听华威达酒店的保安说的，那个保安说李嘉诚都在看这本书，真的很值得看。科仔表示有空会买一本来看看。阿兄说，读书是很重要的，一个人如果不读书命运会很悲惨，一个国家如果不读书就会落后，落后就会被打，你说是不是。科仔说是是是是是。

这时，阿兄的妻子从厨房里端出一锅热滚滚的猫肉煲，说是特意为科仔准备的，怎样都得来点野味。阿兄补充说道，现在野味难寻，这只虽然是家猫，但性格野得很。

科仔闻了一下，说很香，但现在他不吃猫肉了。他的女朋友喜欢猫，养了一只波斯猫。

阿兄再次强调，炖的不是波斯猫，是普通的家猫。科仔笑了笑，说只要是猫科动物都不能吃。

"你们多吃点，看着你们吃也很开心。"科仔说。

懒汉鱼

许昌龙拖着行李箱来到十字路口。那些途经他家乡的车辆，匆匆忙忙地从他身边飞过，扬起一阵尘土。

十字路口站着两个人，一胖一瘦，瘦一点的眼神凝重地看着过往的车辆，他穿着件竖条纹卫衣，衣服上印着一个莫名其妙的图案。昌龙看了看他，看了看那个图案，看了看天，看了看楼房，看了看过往的车辆，再看看旁边这两个人，然后打了个哈欠，又重新开始看看天，看看楼，看看过往的车辆。他在想其实图案本身没什么问题，就是搭配上出了问题，在这件像病号服的东西上印一个类似图腾的图案，显得很莫名其妙。胖一点的那个穿着一件墨绿色工作服，衣服上面同样也沾了些污迹，他斜靠着榕树，抽着一种很呛人的烤烟。

一股咸咸的海味扑面而来，远远驶来一辆货车，停在了他面前，这是一辆运送海鲜的货车。海鲜车还是很醒目的，它招摇过市，货柜上的喷画色彩鲜艳，我们来看看喷画上都是些什么东西，一只大龙虾，一条海鳗，还有螃蟹，对，八爪鱼，少不了八爪鱼的，魔鬼鱼，虾，虾肯定要有了，一大堆贝壳，全部堆在一起，还有什么，海草，几条海草婀娜多姿。

从海鲜车的副驾上跳下一个人，他叼着烟，戴着一顶蓝色的鸭舌帽，走路一拐一拐的，时不时扭扭脖子。他走到车尾，打开了货柜，将嘴里的烟拿开，一缕灰白色的浓烟从他嘴里吐出。他将烟头扔在地上，随后咳了一下，吐了一口清痰。

路边那两个人在蓝帽子扔烟头的时候，就已经陆续爬进了货柜里。昌龙一脸诧异。蓝帽子抬起头来，看了他一眼，问："你不上车吗？"

昌龙问他："你们去哪？"

"去深圳。"

"多少钱？"

蓝帽子扭扭脖子说，随便给吧，反正也顺路。

昌龙探个头往货柜里瞄了一眼，那两个人蹲坐在货柜中间，周围堆满了硬塑料盘，笋筐，泡沫箱，蟹苗箱。那些海鲜都来自附近的港口，都是些本地特产。

蓝帽子甩了甩胳膊，活动活动经络，然后看着昌龙说，不过我们不走高速，我们走国道，时间会久一点，但是日落之前肯定可以到深圳。

不去汽车站，选择在路边拦野鸡车就是为了省钱，既然海鲜车可以随便给，那就给他五块钱吧，昌龙心想，太好了。

海鲜车穿过城镇、树林、海边，时不时在某个公路餐馆停下。昌龙和另外两个人帮忙卸货，将一箱箱海鲜搬进厨房。

一路上，旁边那两个人一直在很认真地讨论一些专业问题，基本上是关于如何运送海鲜、如何提高生产的，关于充氧水运需要配备的小型发电机和小型气泵这两个玩意，他们就足足聊了一个多小时。

那些专业知识像经文一样，昌龙听了直打哈欠，加上海鲜车像摇篮一样，摇啊摇，摇啊摇，昌龙就这样睡着了。

身旁的海鲜时不时发出一些声响，咕噜咕噜，沙沙沙。泡沫箱里的龙虾，水槽里的石斑鱼，还有扇贝、青蟹、象拔蚌，它们离开大海之后就一直在抱怨。你看那些青蟹，被绑得死死的，已经气到一句话都说不出来了，嘴里一直在冒泡。

在昌龙的梦里面，那两人继续在聊着那些专业问题。昌龙为了躲避他们，在梦里又睡着了。

那个穿墨绿色工作服的人烟瘾很重，不知不觉中，他已将叼在嘴里的烟点着了，这样做其实很危险，因为货柜是反锁着的，三个人闷在里面，氧气本来就很稀少，但他不管了，他已经忍无可忍了，一口烟可以让他全身舒畅，手也不发抖了。

他一边抽烟，一边继续说着那些精彩的运输海鲜的好办法。他说很久以前，在还没有做充氧水运的时候，有一种鱼很懒，在运送的过程中一动不动，常常因为缺氧而大批死亡，后来，有人想出一个办法，就是在里面放几条爱动的鱼，让它们在里面动来动去，那些懒鱼们受到了惊吓，就会到处窜，这样就不会因为缺氧而死。昌龙对这种懒汉鱼很感兴趣，问他们那种鱼叫什么名字，是那种吸附在鲸鱼或海龟身上，一动不动跟着它们周游世界的鱼吗。

那个老烟鬼冷冷地说："不是那种鱼。"

巴浪鱼之梦

日落之前，海鲜车到了深圳。昌龙拿出五块钱给蓝帽子，蓝帽子一把抓住昌龙的钱包，从里面抽出一张五十的，说，五块钱，你当我是乞丐啊。说完从冷冻柜里拿出一条冰冻的巴浪鱼扔给了昌龙，作为他帮忙卸货的报酬，也象征着友谊天长地久，同时我们也可以把那看作是这条巴浪鱼的最后一次飞跃。虽然上岸不久它就丧失了所有知觉，只剩下冰冻坚硬的身躯。蓝帽子将它抛向空中的时候，它又有了新的动力，就在深圳的街头，它去到了别的巴浪鱼所到达不了的高度。这个时候应该来一个慢镜头，让这短短一秒钟飞跃时间变成一刻钟，或者用相机给它拍一张照片，让它永恒。

街上有一群人在摆摊走鬼。昌龙东看看西瞅瞅，拖着行李箱，拎着一条巴浪鱼，在夕阳的照耀下，拖出了一个细长的身影。一个完美的乡巴佬形象漫步在深圳的街头。

昌龙在一个卖墨镜的摊位前停了下来。摊主很热情，拿起一副经典的雷朋墨镜，一个劲地给他介绍，说这是意大利的墨镜，我不骗你，虽然是假的，但做得跟真的几乎一样，唯一不同的就是它比真的都好，你摸摸，这质感，多真实，多有质感，这种材料叫亚克力，现在特价，二十五块钱。昌龙将墨镜拿在手上看了好久，再戴着感觉了一下，心想亚克力是什么东西，这不就是塑料嘛。

太阳还没下山，街上还有些余晖，昌龙戴着雷朋眼镜，虽然是假的，但远远看，跟真的几乎一样，还挺酷的。

他戴着一副假的雷朋墨镜，继续往前走。整条街都是摆摊的，有很多东西可看。昌龙时不时停下来，伸手碰碰这个，摸摸那个。

在一个卖二手衣服的摊位，昌龙拿起一件牛仔衣。摊主看看他手里拎着的那条鱼，再瞅瞅他身上的衣服，这算什么啊，什么破玩意啊，乞丐不像乞丐，疯子不像疯子，像只麒麟似的，四不像啊。摊主一脸嫌弃地说，喂！不买别摸啊，乡巴佬。昌龙抬头看着他，脸上的笑容消失了，换成一种被鄙视者该有的表情，这种表情很古老，在任何年代都有，可以追溯到远古时代，原始人在以物换物的时候，被对方鄙视，被瞧不起手中的猎物，青蛙、小田鼠、小松鼠、小龙虾、巴浪鱼，一种受辱但又不愿屈服的表情。

他拿起刚才摸过的那件衣服，扔给摊主，说这件我要了，接着拿起一条裤子，说这条裤子我也要了。

冲动消费之后，昌龙有点后悔。但话说回来，衣服确实漂亮。昌龙走进一个公厕，将自己的外套扔进垃圾桶，换上新买的衣服。这时上天派来了两个小偷。他们的本意是来拉尿的，但小偷就是小偷，有时候偷东西是随意的。其中一个看了看昌龙的行李，对另一个小偷做了个表情，两人趁昌龙在换衣服的时候，将他的行李箱偷走了。

天黑了，鸟儿回巢，狗儿回家，小偷们也回到他们的根据地。在一栋烂尾楼里，俩小偷将偷来的行李箱翻了个遍，找到了几百块钱，一个双排口琴，还有那个收音机。其中一个小偷将收音机扭开，交通广播电台，电台播报着一则新闻，关于一起交通事故，情况很糟糕，已经造成严重的交通堵塞；小偷接着切换电台，这时收音机里的喇叭传出一阵沙沙响，一首年代久远的歌曲响起，来自上世纪三十年代的旧上海，由白光演唱的《何处是儿家》。

垂头丧气的昌龙在公园里瞎晃着。公园里有一个人工湖，有三只水鸭和若干个塑料袋漂浮在湖面。湖边是个废弃的游乐场，他在海盗船上坐了下来。

烟雾弥漫的湖里有人在打捞杂物，清洁员坐在小船上，穿过一个个像墓碑那样的石墩，游走在巨大的像龙骨那样的过山车铁架中。游乐园里生锈的设施像史前巨型动物的残骸，这湖像个黑洞，正在吞噬来自宇宙的光。

天色慢慢暗下来了，昌龙穿着他新买的衣服，情绪低落。他在湖边生了一小堆火，准备烤那条巴浪鱼。

那条巴浪鱼只能让他品尝到大海的味道，根本不管饱。在废弃的游乐场里，昌龙又困又饿，随便找了个睡觉的地方，待了一宿。

蒙蒙眬眬中，昌龙睁开了双眼。他在湖边废弃的海盗船里过了一夜。

他躺在船舱里面，意识慢慢从梦中一点一滴回到现实，在这个渐变过程中，他看到一条大鱼从他身边游过，还有颜色奇怪的树在水里行走，他在梦里大声叫喊，因为一团莫名其妙的东西在接近他。

他从噩梦中惊醒，抬头看了看破烂不堪的甲板，上面的桅杆已经折断，一头插进了船首的位置。船侧外板也脱落了一些，能看到用角铁做成的肋材，龙骨和中线纵梁也是角铁做的，都已经锈得快断了，很快它就会散架的，总有一天它会散架。他从船尾舱爬上了甲板，小心翼翼跳下去，到湖边去洗把脸。

奇怪的日子里奇怪的事情不断发生，湖对岸有人骑着一匹马走过。他听到了马蹄声，还有人的呵斥声，还有马的嘶嘶声。昌龙抬起头来，水滴从他脸颊流下，湖面烟雾缭绕，曚昽中能看到对岸有一个影子掠过，是一个人骑着一匹马跑过的影子吗？如果不是呢？那会是什么？马蹄声加上呵斥声，一定是一个人骑着一匹马跑过。

昌龙上一次见到真正的马，还是在他很小很小的时候，应该是三岁的时候。现在，在他的脑海里，浮现出一幅画面，一幅由从很遥远的童年发送过来的信息组合而成的画面。

老鼠和啤酒妹

虽然今天不下毛毛雨了，但周围很潮湿，空气很闷，很不舒服。

烧烤档的小弟将雨篷收了起来。我坐在靠近冰箱的那一桌，点了三串骨肉相连，五串麻辣烫，静静地等啤酒妹过来。

啤酒妹的制服有两套，一套是连衣短裙，一套是短裤加背心，都很好看。我注意她很久了。她是啤酒经销商派来的，很勤奋，除了推销啤酒，还帮忙送菜擦桌子。客人多的时候，烧烤档的桌子会摆到我住的那栋出租屋门口，很多次下班回来，我都差点要跟她擦肩而过。她拎着啤酒，汗水顺着脸颊流下。而我，心跳加速地滑进了出租屋。

今天，我希望我能滑进她的心里。我这个人喜

欢幻想，但一切从想象开始。王磊有一张专辑叫
《一切从爱情开始》，爱情是什么，爱情是一种想象。
物质世界没有爱情，爱是形而上的，爱是山西陈醋，
爱是菠萝……

她被其他桌的客人缠住了。几个中年肥佬在
调戏她，他们说话很粗鲁，满嘴生殖器，很没素质，
很没文化，一帮废物。宇宙产生这种废物，说明上
帝也很粗俗。很快，她便摆脱了那帮废物，往我这
边走来。她穿着一双廉价的塑料凉鞋，蓝色的，像
啫喱那样透明，里面透着银色的闪粉。她步伐轻盈，
一步一个脚印，一个脚印两小节，印在潮湿的地面，
映出灰色的天空。

"靓仔，喝什么啤酒？"她问。

她看着我，我看着她。

"有新推出的啤酒，十块钱三瓶。"她接着说。

我点了点头，嘴角往上翘，将一个微笑送给了
她。我承认我有点紧张。她回复了我一个标准的微
笑，给我比了个 OK 的手势，转身拿酒去了。我想，
我们之间的交流已经初步建立起来，现在只需要
等待。

三瓶啤酒下肚。我再次向她招招手，示意再来三瓶。她又给了我一个微笑和一个 OK，虽然这两个符号表面上只代表它们的表面，但是深一层的含义却代表了她模糊的心，在我看来，没有什么比这更让我兴奋的了。

可惜，啤酒是由烧烤档的小妹送来的，那个丑八怪，他妈的，真是丑人多作怪。这让我有点情绪失控，不好意思。但没办法，客人越来越多，她实在忙不过来，所有的人都找她拿酒，都想跟她搭讪，都想调戏她。有些人明目张胆，也有人暗送秋波，还有人像傻嗨一样，喝多了抓住她的手不放。我也很想跟她说说话，我喜欢她，打心底喜欢，喜欢她的每一个动作。每一个有她在场的画面都很美，如果我是摄影师或电影导演的话，那，我会拍下她，拍一部电影，让她来演啤酒妹，本色演出，这里就是片场，所有东西都不用动，所有人都不用换，唯独一样，我要在她的塑料凉鞋上粘一颗假钻石，让它走起来闪闪发亮。

人人都爱她，看得出来她也挺开心的，这样也是对的，啤酒卖多了提成就多了。不会像我那样，在琴行打工，长得不是很讨好，又不会骗人，一个月才卖出去几把木吉他，也忽悠不到学生来报名学琴，一分钱提成都拿不到。拿不到提成，就只有基本工资八百五。房租加水电是四百，一日两餐，一个月至少三百，一天一包烟，一个月一百二，还剩三十块钱。还好琴行就在附近，不用搭车，否则日子没法过呀。

为了可以舒舒服服喝下另外三瓶啤酒，我点了一打生蚝，十个肉串。酒精让我放松了警惕，开始乱花钱。

生蚝在烤炉上烤得噼啪乱响，小弟们把它们烤好放在铁盘上，由小妹端到我的桌面来。这些湛江生蚝又肥又大只，带有淡淡的金属芳香，嚼起来感觉太爽了。我连那些蒜泥汁都不放过，拿起蚝壳将它们吸得干干净净，再灌下一大口冰凉的啤酒。

烧烤档的生意越晚越好，客人多了，也带动了其他的产业。有乞丐来讨钱，也有卖炒田螺的，还有大流浪歌手和小流浪歌手来唱歌。小流浪歌手就是一帮几岁的小女孩，每人拿把破吉他，手里拿着点歌单，你付她们五块钱，她们可以唱五首歌给你听，只用一个和弦就能唱五首歌给你听，有的连和弦都不按，左手挠痒，右手就开始扫弦唱歌了；大流浪歌手也有点歌单，只是除了唱歌，他还可以给你做伴奏，像是一个流动的卡拉 OK，大流浪歌手来的时候，客人们喜欢让他们做伴奏，然后唱一首首经典的流行歌曲，就像被人强奸了似的呱呱乱叫。

　　另外三瓶也下肚了，醉意上升到另一个境界。我开始胡思乱想，要么想一些很傻 X 的事，要么想终极问题，脑袋一刻都没有休息过。有时候同时想到几个好主意，有时邪恶的念头成群结队穿过我脑门。前一秒我还希望我能摆脱贫困，然后追求啤酒妹，得到她心，成家立业，白头偕老。下一秒，我就想撕烂她的连衣短裙强暴她，很可怕，真的很可怕，我呸呸呸。我猛地从想象中抽离出来，但一会儿又陷进去，没办法，我的头脑一片混乱，像锅海鲜粥一样，我不知道如何去保持一个清醒的头脑，我还想偷隔壁桌的钱包呢……

　　喝了六瓶啤酒，一两泡尿解决不了问题。我跌跌撞撞地走到后面的小巷子里。墙上写着此地严禁大小便的角落，就是酒客们方便的地方。尿骚味很重，很难顶[1]。当然你不一定非要在这个角落方便，你可以去开发一片新天地，像哥伦布那样去发现新大陆，像中华田园犬那样撒在电线杆上，像白鸽那样拉在人的肩膀上，像蟑螂那样……我快憋不住了，我现在不想在这一层面上做过多突破。我斜靠墙壁，闭着眼睛，尽量让尿以最慢的速度流出。我已经醉得不行，热量离开身体后，我的头更晕了，很想吐，我需要来一个深呼吸，但这里太臭了，我得憋住，实在不行只能用嘴呼吸，一小口一小口地呼吸，像一只小动物，像一只小老鼠。这个想法又让我恶心了一下。前几天我睡在床上，半夜一只小老鼠从我身上跑过，它的爪子刮破了我的嘴唇，我从梦中惊醒，我知道老鼠又从我身上爬过了，只是这次我的嘴唇破了，我很害怕，担心自己会感染什么狂犬病、疯牛病，还有鼠疫什么的。我拿着小镜子照看伤口时，发现我脸上长须，黑黑的皮肤，尖尖的嘴巴，加上那两颗制作糟糕的烤瓷门牙，像极了一只小老鼠。

---

1 粤语，即很难忍受、很难承受。

回到座位后，我继续看着啤酒妹，欣赏她的一举一动。她忙上忙下，走来走去，感觉像是在一部电影里，或者说像是在梦里。不对，不能这样比喻，她就是像小说里描述的那样，在灯箱和路灯还有远处霓虹灯的照耀下，她的脸颊映着一层淡淡的蓝光，一会儿是浅浅的夕阳红。她一边擦汗一边朝我这边走来，她穿着一双廉价的塑料凉鞋，步伐轻盈，一步一个脚印，一个脚印有两小节，印在潮湿的地面上……

我微笑着向她挥了挥手，她笑着对我比了个OK的手势，转身就从旁边的冰箱里拎来了三瓶啤酒。

"你真能喝。"她说。

"还好。"我说。

她迅速地将三瓶啤酒打开，然后从腰包里掏出一支啤酒造型的圆珠笔送给我。显然她理解错了我的意思，六瓶啤酒已经是南方人的极限了，我表哥的极限也就是五瓶，况且我还是他的表弟，我表哥从北方回来后可以多喝一瓶啤酒，而我一直在南方待着，我唯一接触到的北方的东西就是冬天寒冷的北风。

现在她又拿来了三瓶，这不是我所能承受的。南方湿气重，喝多了对肾不好，对胃也不好，反正喝多了对什么都不好。但，我想今天无论如何，我都得干掉它，我好像有义务要喝完她送来的酒。

　　一切都需要改变，突破，我要变成北方人，变成草原上的人，像个匈奴王，骑上一匹马，穿过大草原，咬紧牙关征服世界，将尿撒在少女们的身上……不对，我的意思是，我需要突破，我要越过那道防线，去征服她，去向她表达我的爱。勇气，我需要勇气，现在已经有了。而且今天刚刚好，天时地利人和，风也息了，雨也停了，抬头还能看见个月姑娘。

　　不过我还需要一些生蚝，不，不只是生蚝，这个也要突破，狠一点，千金散去还复来嘛！我又点了一打羊肉串、两个羊腰、一条烤鱼、一份蒜蓉黄油金针菇，还有之前从来没有尝试过的广西猫肉煲。

　　慢慢地，酒已喝完，肉也吃光，我好像已经醉了很久，可能醉过头了，开始有一点点清醒。

　　烧烤档的客人渐渐散去。啤酒妹忙着收拾一些散落在地上的空酒瓶。几只老鼠在吃地上的食物。

一个流浪汉在翻垃圾桶的东西。小弟用冷水将烤炉浇灭。浓浓的白烟从烤炉那边飘过来，瞬间烟雾弥漫。小说的主人公终于鼓起勇气站了起来，跌跌撞撞地穿过烟雾，往啤酒妹的方向走去。

天空再次下起了毛毛雨。

明天太阳会从财富广场升起

　　我们在一家士多店门口坐着，翘着二郎腿，一人拿着一瓶啤酒。夏天的阳光透过头上的榕树叶照到我们的身上。小明穿着一件红白蓝条纹衬衫，背面有一个图案，是一只卡通腊肠狗。这是一件便宜货，洗过几次之后颜色渐渐变浅淡，腊肠狗也变得模糊，还沾了些油渍什么的脏东西。现在他这件衬衫看起来像建筑工地围起来的红白蓝布，然后来了一只患有皮肤病的野狗在那里拉屎撒尿。我穿的是一件印有滚石乐队 LOGO 的白色 T 恤，就是那个经典的大嘴巴，吐着长长的舌头。我这件是正版的，一个香港朋友送的，他半年前去澳门赌场看了滚石乐队的演出，当时我没钱，没去看，现在我后悔了，我应该借钱去看的。

我们经常约在这里喝酒，士多店的老板喜欢港台流行歌，天天在店里用卡带机播歌。我们喝啤酒，吃花生米，听歌。此时此刻士多店正播着谭咏麟和关淑怡合唱的《明天你是否依然爱我》。

渐渐地，太阳从远处一栋摩天大厦落下。大厦还没盖起来的时候，这个钟数还是有阳光的。我们觉得有点可惜，夕阳很美的。但老板没觉得有什么问题，他认为这样也挺好。他常年躲在士多店里头，阳光多一个小时少一个小时对他来说不太重要。

"太阳落山了。"我说。

"明天的太阳会从后面的财富广场升起来。"士多店老板坐在收银台前说。他戴着老花眼镜，整天研究一些赌码[1]的彩报，偶尔说几句废话。

"我看悬，明天太阳不会从那栋大厦升起来，从明天开始连续下一个星期的雨，天气预报说的。"我说。

"其实是会升起来的，只是被乌云挡住，你看不到阳光而已。"他摘下墨镜说。我最近很讨厌他，

———

[1] 一种以香港六合彩开奖结果为竞猜对象的地下非法赌博游戏。庄家往往私设各种玩法和赔率，由此滋生了形形色色的研究中奖规律的码报。

他老是自以为是，不知道他看了些什么书，或受了什么人的影响，讲话很难听，一大堆理论，眼神很欠揍。突然间，我心中燃起了一把莫名的浪鸟火[1]。

老板摘下老花眼镜放下彩报，拎着一个蓝色的塑料凳仔走出来。他很高很瘦，动作缓慢，长得尖嘴猴腮，没下巴又驼背。整天穿着那件金龙鱼调和油赠送的 T 恤，上面印有一排排黄色波浪纹，活像一只穿山甲。

"支架坏了，螺丝生锈，滚轮里面的铁珠好像也生锈了，丢你老母，转起来特费劲。"老板站在塑料椅子上双手托住门口的雨篷说。

"换一个吧！换一个新的，这个太旧了，都用了几百年了吧？"我说。

"对，去南泰市场，搞一个法国风情的雨篷。"小明说。

"不用，我这个是美国风情的，可口可乐公司免费赞助的，我三两下就可以把它修好。"老板说。

"可口可乐跟百事可乐到处做广告，整条街，

---

1 闽南语，形容一个人特别生气、想骂人打人的状态。

102

这家太阳伞是可口的，那家的招牌是百事的，如果有的选，我宁愿选择老干妈赞助的，要么康师傅。"我说。

"为什么？"小明问。

"不要问我为什么。"我说。

"应该换一个法国风情的，我上次在南泰市场，看到一个很漂亮的雨篷，装在这里肯定好。"小明对老板说。

"我没钱。"老板说。

突然一阵微风吹来，旁边垃圾桶窜出两只小老鼠，天空一架飞机飞过，挡住了北极星。小明踢了一下我的拖鞋，轻声说了一句，她来了。

老板的女儿在上职中，周六日放假，会来士多店帮忙。不穿校服时你不会觉得她是个学生，这条街没有比她长得更漂亮的女人了，她是个仙女，长得像《天使在人间》里的艾曼纽·贝阿。她很爱开玩笑，喜欢跳舞，喜欢溜冰，喜欢漂亮的东西，喜欢茉莉花，眼睛里藏着十万个为什么和一千个凭什么，我爱她，我想娶她，我想一直抱着她。

趁老板在忙着修理雨篷的空当，我走进士多店去拿啤酒，偷偷将一张纸条塞到她手里。她脸一沉，咬着牙，小声说："你们两个傻嗨去死吧！"

我点了点头，转身走出士多店，跟小明使了个眼色，拎着一瓶啤酒朝摩天大厦的方向走去。之后，士多店的老板差不多有三个星期没有见到我们这两个嗨佬。

顺便说说，那天回去后，我把那张纸条吃了，我很伤心，内心很痛苦。

守株待兔

昨天中午，我在烧鹅仔里点了一份叉烧饭。吃着吃着，一抬头，坐在我对面的是三个美女，她们一个比一个美丽。今天我又去了，看见三个大叔。

抢劫

阿华前天赌博输了一年的工资，今天正琢磨着要不要去抢个劫。白刀子进，红刀子出，监狱里一待就是一百年。所以他打算把刀子磨得钝一些。

"美猴王" [1]

　　八岁时跟了师傅学猴戏，说真的，太累了，没学多久，我就想逃，但，他妈的，我能逃去哪儿？师傅他脾气暴躁，真把我当猴子来抽，我恨死他了。我拼命练习，不是我真喜欢当猴子，而是想少挨两鞭。是，没错，在我很小的时候，我是很喜欢孙悟空的，但，请问那个时候，哪个小孩看了《西游记》会不喜欢美猴王孙悟空？你说给我听，难道你喜欢当猪八戒？

　　说真的，重建小舞台是我师傅的意愿，我在湖边当保安挺舒服的，感觉终于可以歇一口气。表面

1　仁科原本受邀参演由高鸣导演的电影《回南天》，后来因拍摄时间与五条人乐队的专辑录制时间撞车，遗憾退出电影拍摄。这篇小说脱胎于仁科当时为自己在剧中的角色写的人物前传。

上，我是大师兄，戏团的主角，但这不是师傅的首选，这个大家都知道，要不是他把我两个师兄打跑了，怎么样都轮不到我。

现在好了，我现在讨厌"美猴王"了吗？没有，我仍然很喜欢，我只是讨厌以前的生活，所以刚开始和丽娟住在一起，我真的感受到了幸福。

丽娟是单身家庭长大的，缺乏父爱，没有安全感，夜里睡觉紧紧地抱着枕头，还紧紧攥着拳头。我从集体宿舍出来，第一次和一个女人相处。当然了，我之前是有一个女朋友的，但我们没住一起，我没有主动追她，她也没有主动追我，不知道为什么，我们就在一起了。好吧，我就有话直说了，其实可以说是她主动一点，她制造机会。对，你也可以这么说，是她泡我的。我很爱她吗？我说不清楚，应该是爱的吧，反正我不讨厌她，算了，这事都过去了，懒得说。单独说说丽娟吧，我是真心喜欢她的，她长得很漂亮，她自己都不知道，老以为自己长相一般。我想如果我们结婚，生出来的小孩肯定好看。但，我们都在一起一年多了，她一直拒绝我，我们至多亲亲嘴。她也不是没有想过要结婚，但她妈妈，哎！我靠，老问我一个月挣多少，哪个时候能买楼。哎！我把器官全卖了也不能在深圳买楼啊！丽娟听她妈的话，虽然有时也觉得她烦，但妈妈是天生的，选不了。不过，怎么样都比我强，我无父无母，孤儿一个。

有时候，我看着与白石洲一墙之隔的别墅就来气，凭什么我什么都没有。丽娟每天早晨攥着拳头醒来，我会用手轻轻将她的手心打开，轻轻地扫她的手心。我亲她的额头，让她不再皱眉头。这是我唯一做对的事了，也是她唯一认为我做对了的动作。有时候我从后面抱着她，当然了，我想进一步抱着她，再进一步，再进一步，然后，就不行了。不知道她妈给她下了什么咒语，她神经过敏地甩开我，我什么都得不到。这个时候，我是有点恨她的，也恨她妈，可能爱极生恨吧，我也不知道，反正我又爱她又恨她。

火影忍者和蜘蛛侠在街上派传单

火影忍者和蜘蛛侠在街上派传单。派传单一天八十块钱，穿上特殊服装派的话钱会多一些。

我不太愿意穿特殊服装派传单，我宁可赚少些钱，便衣出动，露出我英俊潇洒的脸，对每个经过的人微笑（这是老板的要求）。但，现在老板硬性规定，大家都得穿上特殊服装，我也套上了米老鼠外壳。与时俱进嘛，达尔文的物种进化论嘛，适者生存，哎！我靠，就这样吧。钱是多挣了一些，可是在烈日底下真的很难顶，终于，我的战友唐老鸭倒下了。

老板是个年轻人，善解人意，我们向他提出问题后，他自己穿着加菲猫的服装出去溜达了一圈，也觉得在这种高温底下穿棉袄派传单不太好。

很快，他从戏服租售店里搞来了些凉快点的服装：超人、老夫子、蜘蛛侠和我现在身上穿着的火影忍者。

蜘蛛侠从对面马路走过来，说那边士多店来了个大美女售货员。

对面是一座正在日夜赶工的商业大楼，旁边一排铁皮搭建的小屋，是工人们临时居住的地方，靠近娱乐广场那头的那一间，三天前变成了士多店。

我不太相信蜘蛛侠说的话，因为他老骗我。不过现在我闲得发慌，而且派传单这个工作很自由，可以在这条街来回走动。

斑马线在远处，天桥在维修，我学蜘蛛侠那样跨过栏杆走到对面。

"给我一瓶可乐。"

她看我一眼，表情轻佻，没有回话，从冰柜里拿出一瓶可乐。

她并没有像蜘蛛侠说的那样是个大美女。马马虎虎，过得去，还行，如果把脸上那个痣点掉的话，也称得上是个小美女了。大美女不是光好看那么简单的，大美女有一种将万物都变成背景来陪衬她的魔力，而小美女没有，不过也不需要，小美女只需要将脸上的那颗痣点掉。

"最近很热。"我说。

这时一辆红色跑车驶过，速度可怕，声音很大。她没有回话。这辆跑车应该直接撞死在前面的桥墩上。

"你知道澳门快回归了吗？"我调整好心情接着说。

"电视上说了，报纸上也说了啊，大家都知道。"她的声音给她加了至少二十分。这种声音很迷人，很甜，有点像一个香港女明星的声音，我忘了她的名字，但她的脸，她的头发，很清晰地浮现在我脑海里，波浪卷，大波浪卷，娃娃脸，嘴唇很厚。

"我想过去澳门看看。"我说。

"早着呢，还有几个月呢。"

"办证需要点时间的。"

"你去探亲？"

"不，我只想去赌场看看。"

"赌场？后面小巷子就有个小赌摊啊，你现在都可以去赌。"

"那个小赌摊，得了吧！是给那帮穷鬼、酒鬼玩过家家等死用的。我想去的大赌场，是真正的赌场，正儿八经那种，那种赌场就像电影里的那样，有鸡尾酒喝，还有脱衣舞表演。"

"你想看脱衣舞表演？"

"嗯，但主要是去感受赌场的氛围，不一定要赌，去感受。你叫什么名字？"

"你再买个东西，我就告诉你。"

"你都是这样告诉别人名字的吗？"

"不是。"

"有意思，来条绿箭口香糖。"

"两块。"

"不是一块五吗？"

"另外五毛是我的名字。"

"不贵。这样吧，我给三块，请你喝瓶可乐，你告诉我电话号码。"

"我不喝可乐的，你给五块吧，买包棉花软糖给我，我再告诉你一个秘密。"她翘起食指，指了指士多店里挂着的那排零食。

"棉花软糖，好啊，我也喜欢。但我更喜欢棉花糖，正儿八经那种，像真正的棉花那样，你要用一根竹签固定它，拿在手上轻到像什么都没拿那种。现在大街上都看不到了，没人做了，否则我还可以买一团给你。这样吧，这里有十块钱，不用找了，你下班后陪我去看场电影，如何？"

她在笑，笑声真好听。她的笑声清晰地浮现在我的脑海里。

蜘蛛侠还是骗了我，士多店里坐了个大妈。我什么都没买，转身就回到街上继续派传单，一边构思着刚才那番对话，虽然不是很精彩，但可以打发一点时间。我希望快点派完，快点结束工作，然后买瓶啤酒，到后面的小赌摊，跟那帮赌鬼一起度过一个愉快的周末。

三和大神 [1]

鱿鱼配炒绿豆芽，心里就像开了花。在一家快餐店面里，有两个记者在采访三个年轻人，他们要了几碟小菜，叫了几瓶啤酒。三个年轻人很兴奋，终于有人关注他们了，终于有人请他们吃饭了，终于有人来拍摄他们了。面对镜头他们笑得很开心，像过生日一样。

红色衣服的年轻人开始说话，他是三个人里笑得最开心、表现最活跃的，他说："以前，是在家里那个技校，学服装设计还有那个电脑，那都是些什么玩意儿。学了以后，那个学校分配工作了。妈的，

---

[1] 混迹在深圳郊区三和人才市场的各种日结工资打工者，被称为"三和大神"，他们最终沦落到身无分文的境地，只能流落街头。这个群体逐渐形成了独特的人生态度，他们不愿再从事枯燥无味的流水线工作，在三和周边"混吃等死"，乐在其中。

以为是什么技术工，以为是什么好工作，结果直接派到厂里。"

记者："后来呢？"

他吃了一块猪头肉，抽了一口烟，灌了一口酒，再吃一块鱿鱼，再灌一口酒，再吃一块肉，接着说："就是，就是去了那个工厂，里面又黑，每天他妈的上十几个小时的工。我靠，加班，经常加班加到十一点，十二点，十三点，有时候加到凌晨两点。第二天早上七点，你还得起来上班。你一天连睡觉就五个小时的时间，哦！还有中午，中午是十一点多下班，到了一点多上班，总共休息的时间，不会超过七个小时，你中间还得洗澡啊，洗衣服、刷牙之类的。一天才睡几个小时，天天那样搞，搞了几个月，人都受不了了。后来，后来，后来反正过了好几年了，我去了富士康，反正也是干了几个月就不想干了。后来，就是你今天看到的，我卖了身份证，我流落街头啰。他们？还不是一样？都他妈什么玩意儿！不好意思，又说粗话了。就是，哎！喝吧！朋友们，干杯！身体健康！"

鬼

有空我得跟你讲讲那些透明的东西，它们在地球上存在了很久，你看那些风，空气，某种海洋生物，还有神话里那些会隐形的鬼。

空间探索新领地，彗星 67P/C-G，北京时间 2014 年 11 月 13 日 0 时，人类探测器首次软着陆一颗彗星，为我们近距离呈现了这块人类探索的新领地，震撼！遐想无限！图片是此次"罗塞塔"号执行任务时所拍，这颗彗星的体型与纽约中央公园相当，图一最下面是模拟对比，图片来自《纽约时报》。

但另外一架探测器却失去了联系，没有了消息，仿佛被迷路鬼缠上了。

迷路鬼的故事

现在，我只有听听港台流行歌，才会找到一点活着的感觉。

饿鬼去投胎了，小气鬼又不知道去了哪里，今晚只剩下我这个迷路鬼孤零零地飘来飘去。

现在城市里头的鬼越来越少了。我又不想去投胎，为了打发永恒孤寂的日子，我只好去捉弄一下人。

让某个人一辈子回不了家这种事我是不会干的，但让人几天几夜找不到家的方向，迷迷糊糊地在一个莫名其妙的地方工作个半年，跟一个不爱的人纠缠个三五年，这种事我没少干。这不能怪我，鬼都是没人性的。

去阴间的路又黑又长又臭又吵，上天又没门路，所以留在人间。

我是因为一件很狗血的事要被人砍头的，本来要当无头鬼的，可是刽子手在砍头的那一刻犹豫了一下下，应该是我的家人没拿钱贿赂他，他根本没利落地砍断我的头，五成断都没有，把我痛得晕死了过去，但这是不幸中的万幸，否则没有头真的很尴尬，做什么事情都很不方便。这当然是撒谎的，其实我是被捅死的，就因为一件破事，死得很无聊。

灵魂跟肉体脱离关系了以后，我才开始认真思考我的人生。那些赶着去投胎的鬼都会说我不切实际，肉体已经腐烂了，灵魂再得到升华都是个屁。我差点信了他们去投胎。说到投胎，真是死见鬼，大家都不知道投胎是怎样的，但整天讨论投胎。有些鬼说投胎一点都不痛，去到阎王殿，牛头马面会喂你喝个什么东西，味道像蜂蜜那样，甜的，然后你就会甜到失去所有记忆。这不就是孟婆汤吗？什么时候轮到牛头马面来熬这锅汤？等你喝完，大概十五分钟后，我也不知道是不是十五分钟，反正没过多久就会有鬼带你去一个像厕所那样的房间。里面有一排洞，上面写着各种身份或头衔，有天才、笨瓜、白痴、畸形、正常人、不正常人、左撇子、右撇子、送外卖的、企业家、摇滚歌手、欢乐谷里的保安、市长、综艺咖、电影明星、跑龙套的、经纪人、画家、律师、医生、科学家、无性人、男人、女人……大概就是这样。然后将你往洞里推，具体往哪个洞推，真的是随机的，听说那些鬼也不认识字，他们乱推的。

外卖仔

那些牛啊，那些羊，还在吃草。你奇怪地看着我，为什么今天这么开心？那是悲伤带来的，你懂个屁，我擅长的是骑马射雕，如今却在都市里送外卖，今天你饿了么？我给你送吃的。

国王不出门，吃的桂林米粉。时代的奴仆，记得给自己做主。风中夹着沙，沙里窜着风，树叶和塑料袋也在风中发疯。面对高楼大厦，把它当成大自然来看待，一座水泥山，穿梭在里面的不是蚯蚓是人。

礼橙专车变成千里马，月亮变成塑料花，半夜出门的人醉倒在马路边。

打兔子

　　小东和小陈住在天台上搭建的铁皮屋里，周围一片密密麻麻的建筑物，能看到其他天台上有人在饲养鸽子，还有人在天台种菜、养鸡。

　　此刻他们犹如置身一座空中花园。房东喜欢在天台种菜，那些香葱、白菜、萝卜都是用小东和小陈的尿悉心栽培的。

　　他们刷着牙仰望天空，漱口水，泡沫喷向空中，仙女散花地落在空气中、巷里和人行道上。刘小姐以为是空调水，黄先生认为有人浇花。在上班的路上躲过了路上的狗屎，躲不过天上的流星。黄先生辨认出是漱口水之后，抬头对着天骂他个祖宗十八代。小东是听不见的，他一边唱着歌一边洗脸。生活就像是一首歌，有些人忘词了，有些人掉拍，有些人唱到一半咳嗽，有些人天生金嗓子，有些人压根儿就不喜欢唱歌。

今天工地罢工，所以小东和小陈不用去上班，他们懒洋洋地坐在天台的藤椅上。这两张藤椅一动就吱吱嘎嘎响，它们响的声音还不太一样，两种不同的吱吱嘎嘎。他们两个人无聊到坐在上面一直吱吱嘎嘎，偶尔笑一下。生活有时候就是这么无聊。单纯的无聊。四月份的无聊和三月份的还有点不一样，那是真的很无聊。

小陈先开口说，太无聊了，他妈的。

小东他说，要不那就去打猎吧。

小陈很吃惊。去哪里打猎？周围都是建筑工地跟一些废墟，打老鼠和苍蝇还差不多。

打，兔，子！小东慢慢地吐出三个字。他提议去菜市场买两只兔子，放跑它们，然后"打猎"。去臭水沟，那边没什么人，我们可以去那里打。

猎人的感觉是很准的，不知道为什么，我感觉怪怪的。小陈说。

因为你不是猎人，小东说。

就这样，他们跑到了菜市场。找了很久，菜市场里有卖鳄鱼肉和兔子肉的，什么肉都有。小东说我要买的是兔子，不是兔子肉，我不吃兔子。最后在菜市场旁边的一棵英雄树底下看到有人摆摊卖兔子。小东三步并作一步走，凌空跳跃蹦到兔子摊那里去。买灰兔，不买白兔，灰兔看起来像野兔，这样打起来才有感觉，白兔有什么好打的，神经病才打白兔。白兔太可怜了，瑟瑟发抖，灰兔更可怜，直接被小东拎走。

去打猎之前，他们先去面包店买了几个酥皮菠萝包。五毛钱一个，刚新鲜出炉的菠萝包，小东和小陈的至爱。这家面包店虽然只有十几二十平方，但里面的东西包罗万象，有鸡仔饼、榴莲酥、老婆饼、吐司、吞拿鱼三明治、法棍、瑞士卷、钵仔糕、伦敦糕、马拉糕、狗利仔、栾樨饼、蛋散、猪笼饼，今天还推出了兔子形状的兔仔糕。小东小陈一人买了一个，一个一口咬掉了兔仔糕的兔子头，一个整只吞了进去。面包店就这样消失在小东和小陈的视野里，但那里的故事还在进行，面包店的名字叫刘记点心，老板刘炳辉为人低调，每天勤勤恳恳工作，很爱他的老婆，发自内心的。但不知道为什么他昨晚去叫鸡了，要命的是被抓了，昨晚鸡婆"百灵鸟"的鸡窝被一锅端了。警察发现刘炳辉还不是第一次，可以说是个老嫖客了，依法告诉了他老婆。他老婆已经气到在医院打点滴了，不断地说不想活了，想去跳楼。所以今天店里就他两个儿子在那忙活。

他妈的，今天的菠萝包不行啊，皮都不脆了，搞什么飞机啊，吃起来很恶心，呸呸呸。小东已经在骂娘了。

两只兔子莫名其妙地站在臭水沟旁边，世界为它们敞开了，但是它们好像并没有做好准备，一动不动，像两个兔仔糕，根本没有活蹦乱跳。

小东在旁边挑逗它们，想让它们动起来，但它们只是蹲在原地，缩着身子，瑟瑟发抖像两只鹌鹑。

他妈的，这跟打塑料瓶有什么区别啊。小东说着挠了挠胯下，他着急的时候总是抓一下下面，这个坏习惯一直改不了。

算了，这样跟打塑料瓶没区别。小陈提议放生它们。

小东不死心，他在兔子旁边放一个易拉罐。他想先打易拉罐，易拉罐一飞起来，旁边的兔子一受惊吓，就会跑起来，他就连着打它们。这个想法是有道理的，很有逻辑。不过，现实是不讲道理不讲逻辑的。

易拉罐是飞了起来，但那两只兔子还是原地不动，像两棵植物，两株兔子草。其中一只稍稍有点动物的样子，眼睛转了几下，头稍稍看了看易拉罐，芬达的标志凹进去一块。

靠！它们是不是被关傻啦。

小东放下猎枪跑到兔子跟前，边抚摸边鼓励它们，动起来吧，你们不是小白兔，你们是灰兔啊，纯爷们啊。小东越说越激动，有一点点情绪失控了。可是两只灰兔还是缩成一团。兔子听不懂人类的语言，也看不懂这个世界，它们只是蹲在那里一动不动，就已经和这个世界融为一体了，无所谓懂不懂，它们是世界的一部分，世界没有可能缺失它们，哪怕它们被打死，作为兔子尸体的存在也是世界的一部分。

小陈说可能它们还不适应新环境，说要带它们走走。他轻轻地挽着一只兔子往前走了两步，兔子就像一个婴儿在学步，跌跌撞撞，一步三摇，但每到一处就蹲着不动。小陈说它们是两只傻兔，没救了，算了吧，我们走吧，放生它们吧。

操你大爷，小东踢了一下易拉罐，易拉罐碰到了废墟中的一个纸箱，一只老鼠窜了出来。小东马上拿起猎枪打了一下，没射中。老鼠虽然已经成为迪士尼的标志了，但是它们的生活水平还是没有得到一点提升。

老鼠跑了，兔子还是无动于衷。

好吧，我们走吧，让它们自生自灭吧。

走着走着，小东突然停了下来。

不行，一会儿它们被附近工地的工人发现了，还是得死，他们会拿去打兔煲的。放生个毛，那就太亏了，太浪费了。反正也是死，要死一定要死得有价值。说着小东就往回走。

小陈朝他大喊，你这不叫打猎，这叫处决，你是回去枪毙那两只兔子。你是猎人，你又不是行刑队的刽子手。你这个白痴。

小东说自己什么都不是，他就是想图个乐。花钱买它们就是来打着玩的，既然打不了猎，那枪毙它们也可以，总好过给那帮工人拿去打兔煲吧。

走！小东的声音很坚决，像行刑队的队长发号施令，很男人。

小陈站在原地一动不动。

那天天气特别好。臭水沟旁边有一棵小松树，弯着身子。另外一边本来也有几株小树的，但不久前被建筑队拔掉了，留下一些洞，像拔掉牙齿留下的窟窿那样。由于推土机不断推来建筑垃圾，路面的草也推掉了，现在两边的土变得很松软，远处还有一棵树整棵倒掉，横跨在臭水沟上，变成一条独木桥。那棵弯曲的小松树树枝上挂着一个红色的塑料袋，不知道哪个时候飘过来的。这时一阵大风将它吹了起来，它高高地飘在空中，飞过工人临时搭建起来的宿舍棚。一群保安在敲宿舍的门，让里面的工人去工地开工。工人代表站在门口喊，老乡们都没钱吃饭了，不结之前的工资不开工。工头站在门口喊，老乡们，一切都好商量，先去干活，这周一定给大家一个满意的答复。里里外外都是老乡，老乡见老乡，两眼泪汪汪。

这时传来两声枪响，闷声，皮肤包裹子弹的声音。小东大声地喊着，它们动了！它们动了！它们跑起来了!

一个小屁孩打开笼子放走一只鸡

赶紧逃吧，菜市场的野鸡，你的小主人放生你了，你自由地飞吧。这可是白切鸡的梦啊，烤鸭们也望尘莫及，烧鹅……那就更不用说了。

音乐鸡

    一架脚踏板风琴放在了公园的小广场中间，弹琴的人是只鸡，观众是一堆米，我是一只呆头鹅，只是偶然路过。那只鸡开始唱歌了，它用翅膀按和弦，用鸡爪踏踏板，用喙来唱歌：说是这么说，做是那么做，人生就像一只蛤蟆跳进了油锅。

绿岛西餐厅

鸡婆"百灵鸟"去了一趟外地，带回来几个女孩，一下火车就给客户发短信：一批新货，新鲜出炉，刚刚下火车。

白粉强和光头华第一时间收到了，兴奋得生殖器硬成钢。按理来说，小说不应该写得这么粗俗，但不按理来说，文字可以自由组合，事实上作者要怎么写自有他的道理，或者说自有她的道理，又或者说根本没有道理。

白粉强其实跟白粉一点关系都没有，他甚至连烟都不抽。不过光头华确实头上一根毛都没有。他们俩相约在绿岛西餐厅见，想着先喝几口红酒吃几块牛扒，然后去找"百灵鸟"。

绿岛西餐厅开在一个商场的地下一楼，我和几个朋友经常去那喝酒聊天，主要是那里的红酒才三十九一瓶，还有畅饮吧，饮料、啤酒八块钱随便喝。

　　当时我们算是有一个"写作小组"吧，平时写了一些东西不好意思拿出来，等喝得差不多就开始讨论。现在想想，真是很不好意思，青春有时候脸皮就是厚。

烩面和蟑螂

大概在很久以前，我忘了具体的时间。

一个下午。可能我们中午就出发了。我们是骑单车走的。骑了好久。骑了很远，比郊区还远。骑到天都黑了，就是为了吃一碗烩面。

阿孙是怪人，样子也长得奇怪，他的五官像岩石块堆成的，有时候感觉他像科学怪人，只是脸上少了一些疤痕。

我是怎么认识他的呢？一年前，在购书中心。他拿了两条打口唱片出来走鬼（我们出来至少带四条。一条有二十五张），他一头长发，讲话有点大舌头。他看人的眼神，感觉每个人都是他的朋友，应该说每个东西都有可能是他的朋友，包括石头，还有电线杆。

赵云又在说他昨晚去叫鸡的事，他说他不喜欢戴套，鸡婆让他一定要戴上，他搞着搞着就偷偷脱掉。他笑起来像冬日的阳光，不是很灿烂，但很温暖。他说那些鸡其实都很干净，大家都很注意卫生，但大家都怕得要死，都担心得性病，所以都戴套，所以他可以不用戴，因为都很干净。我不知道他为什么会这么想，我觉得很荒唐。

我不是说阿孙吗？怎么说着说着说到赵云了呢？赵云仿佛是走鬼故事的中部枢纽。故事的进展都得经过他。是的，阿孙的故事也不例外。因为阿孙就是赵云带过来的。

赵云的一个朋友住在白云山的一栋烂尾楼里。有一次他去找他，他们在露天大阳台烤鲫鱼，喝啤酒。鲫鱼虽然多刺但是好吃，又便宜，赵云说。然后同样住在烂尾楼的阿孙闻着香味就过来了。

赵云说阿孙是搞摇滚的，我们肯定会喜欢他。

吃着吃着，阿孙被鲫鱼骨噎到，快死的时候赵云朝他后背踢了一脚，就这样他的脸从青色变回了水泥灰，又变回了岩石般的坚硬，棱角分明。

那天在白酒的烘托下，阿孙跟赵云讲了他的

身世。

他在外语学院读书，因为喜欢摇滚乐，后来不读了，觉得可以从音乐里找到活着的意义。他认为有一种自由流淌在摇滚乐当中。我觉得也是。

那天我和阿孙在购书中心通往维多利亚广场的通道里聊了很久，都忘了我们是两个走鬼，也忘了城管的无情。

他会一点点日语，英语也不错。这在当时我那帮猪朋狗友里算很罕见了。我的那些朋友有很多连普通话都说不好。

那天街上的环境也异常和平，我们走过几次鬼，都像彩排走过场那样，缺少很多火药味。阿孙身上也有一股与世无争的气味，像佛教徒，像达摩流浪者，眼睛清澈见底，内心空无一物。内心我不知道，但表面上他确实空无一物，穷得一清二白。

阿孙什么都不懂，也不要懂。赵云说他是个傻子。他确实像个傻子，讲话有时候像个傻子。鲁迅说过一句话，好像是：这个世界是由傻子推动的。但肯定不是由阿孙这样的傻子。此傻子非彼傻子。傻子的品种很多，我一度怀疑我也是其中一种傻子。

他不是真傻，也不是大智若愚，他纯粹是不懂现实生活而已。比如他不好好完成学业而住在烂尾楼里，寻找他理想中的自由，这是一种愚蠢。但，当时我不这么认为，我认为我们可以对生活说不，拒绝生活。他妈的，看来我真的是一个傻子。

总之那天我们成了朋友，我和所有走鬼都成了他的朋友。他那天生意好像不咋地。他妈的，他也没打算做生意，拉倒吧，卖多少随缘。

后来我又见了他两三次，然后我就邀请他到我的出租屋里来做客。那天他不知道从哪儿捡来一堆水果，我喜欢吃那个哈密瓜，葡萄大部分都坏了，看起来也不太干净，我基本上没动。阿孙说这样的葡萄最甜。我同意，但我还是没动。

他边吃葡萄，边跟我说他的事。说有一年过年，他从广州骑车回河南老家。路很远，骑了很久，好多天，快一个月了吧。他将葡萄籽吐到了垃圾桶里，继续伸手拿葡萄。他说那个时候如果能在路上捡到这样的葡萄就好了。当时他身上只带了四十多块钱，很快就花得七七八八了。路上饿了就吃地里的庄稼，或者乞讨，像达摩流浪者，或者像条流浪狗。骑到家的时候已经半夜了，他说那天的月亮特别圆，特别亮，照得整个村子都很漂亮。推开家门，他说他当时很饿，我以为他妈妈会做吃的给他，但是没有，她黑着脸看着他。他妈很讨厌他这种行为，为什么要这样？为什么要用这种方式回家？为什么不能坐火车回来？为什么？为什么会变成这样？哪个环节出了问题？其实所有环节都出了问题，从一开始就出了问题。

他很难过，后来也就没怎么回家了。可能还有一些其他事情吧，他的痛苦不止这些。他没说，我也没问。从他的眼神里我知道还有一些事他不想说。

有一次他说要请我去吃烩面，到后来还是没有请我，我们是 AA 的，我忘了是我坚持要 AA，还是顺理成章地各自掏钱。那时候的饭局充满了变数，有时候那个人说要请客，另一个人却偷偷去买单，也有一群人吃完了，不知道谁买单，干等，还有同一餐饭两三个人重复买单的。应该是我坚持 AA 的，我没道理要他请，虽然我也穷得跟狗一样，但他比我还穷。

我说我还没吃过河南烩面，我吃过兰州拉面，吃过沙县拌面，吃过客家腌面，吃过海鲜炒面，就是没有吃过河南烩面。那一刻，我很想吃。

我们一人骑一辆破单车，那单车是真的破，路上还掉了两次链子。骑到晚上才到。那家烩面馆是他老乡开的，很便宜，味道确实很好。阿孙吃得很兴奋。吃着吃着，我突然发现碗里有一只蟑螂，是一只德国小蠊。其实那年头在一家苍蝇小馆里吃到蟑螂是挺正常的，我在别的店里也吃到过。如果是平时，我会让老板给我换一碗，或者退钱。但那天，我只是把那只蟑螂夹出来放一边，什么都没说。

蟑螂

灯光耀眼，照得我心慌，你含叭哩细[1]地开始使用方言。转角的地方有一家士多店，我们再去买点酒过来。

你要保护好你一直以来清醒的头脑，过了这个村没有这个店，趁你现在视力好，多看她几眼。岁月这个穷逼蛋，很快就会过来讨钱。保持你那一百年不变永恒不变的笑脸，一张戏剧里的笑脸，一张用石头堆起来的脸。你还得在城中村、地下停车场、烂尾楼、隧道、立交桥下待多几年。你的生活会慢慢变得简单，这些都没什么。关键的是，你竟然长出了蟑螂的触角。唉，真糟糕。

1　海丰话，意为说话语无伦次、含糊不清。

这满地的玻璃碎片，昨晚不知道是谁将大排档的啤酒喝个精光，再把酒瓶一个个砸烂。这些碎片，部分变成钻石，部分变成水晶，剩下的就是你现在看到的碎玻璃片。月黑风高，但也不是什么都看不见，那捡破烂的，真的是瞎了狗眼，他捡的全是易拉罐。好东西都被别人捡走了。

　　你那蟑螂的触角完全帮不上忙，它只能闻到垃圾的味道，还有那蟑螂的翅膀，也只能够让你飞上天花板。

情书

一只壁虎贴在一幅画上，摆一摆尾巴，扭一扭脑袋，眼睛一闭一睁，张嘴吐舌头，吃掉一只命苦的蚊子。蚊子它吸了一整晚蚊香，晕乎乎地从壁虎身边飞过。

仔细看看这房间里还有什么动物：一只猫、一些跳蚤、几只蚊子，蟑螂和蚂蚁肯定也不少。如果之前那只乌龟不死的话，它也算是个角色。对于如何处理它的尸体，邱丽珍头疼了很久，网上有各种建议，大多不太符合国情。左思右想最后她采纳了一种比较朴素常规的做法，把它打包好扔进垃圾桶。她还记得，那天是个阴天，那个垃圾桶也是灰色的。

墙壁上挂着两幅画。这种画谈不上好坏，文德路那边有一堆，清货的时候连框一起花三十块钱可以买到两幅。一幅是干干净净的地中海夜景，画里面的一轮明月被房间里头的白灯管照耀得格外明亮。另外一幅在窗户旁边，是一幅赵无极风格的印刷品，壁虎就贴在这幅画上面。由于印刷品质量太差，壁虎像是置身在一堆呕吐物上面。画下面是一张沙发，邱丽珍坐在沙发上翻阅一本诗集打发时间。那是旧书店的老板推荐的，他一顿推销，说是本地诗人自己印的，应该支持一下，卖得也很便宜，也就一杯奶茶的钱。

分行

早上
一杯豆浆
一根油条
废话已经在昨天晚上讲完
今天
看着石牌村上空的早霞
我
开始
分行

本来她是想买一些自学英语的教材，学习英语还是很重要的，不过确实很难，学了就忘学了就忘，真烦。丽珍脑子走神地看了几首诗，她之前喜欢看看《故事会》，看诗还不太习惯。

迷雾

这里一切都扑朔迷离
将军忧伤、头痛，士兵们整夜失眠
我骑着马披上羊皮袄
给他们送去两袋方便面

水手们已习惯了受贿
还得给他们每人两块钱
敌方在凌晨开炮了
回南天加上大炮
烟雾弥漫
我看不清你的脸

你要记得亲吻那弹琵琶的女人
只有她知道英雄藏身的地方

鹦鹉它学人说话

我也不是什么好鸟
蝴蝶要做成标本放进盒子才好看
猫头鹰带来了个好消息
战争已经结束了
我明天就回工厂去上班
我们一起研究彩票
一起打牌
一起喝酒、聊天

丽珍将诗集合起来，打了个哈欠。

风从窗外溜进来，轻风，像呼吸。绿色的窗帘布轻轻抖动了一下，一个抽拉式的铝合金窗，窗台上面放着一棵仙人掌。故乡远在戈壁滩的仙人掌是不怎么喝水的，但寄身在它旁边的那两棵南方杂草每天都需要给它们滴上一两滴水。你可以用小尾指沾一沾杯里的水，轻轻往它们根部点一下，躲开仙人掌。不过，也不用那么麻烦，就随便洒洒水，其实也无所谓，没那么矫情。我只是为了把小说写得细腻一点而已，其实根本没有仙人掌，更没有南方杂草，也没有猫，乌龟的死更是瞎编的。但邱丽珍是真的，接下来马上要出场的刘炳强也是真的。

窗户外面是另外一栋楼的墙壁。斜对面就是刘炳强的窗户。

一栋粘着一栋的楼黑压压挤成一堆，一点都不浪漫。但它们却有两个浪漫的名字，一个叫"握手楼"，另一个叫"接吻楼"。想象一下，你打开窗户，伸出手，握住对面某个人的手。如果他的嘴巴足够长，像穿山甲那样，那么他就可以穿过防盗网亲吻你的小手。当然，也可以拿钥匙打开防盗窗，伸个头出去，嘴对嘴。

窗户是晾衣服的地方，邱丽珍经常把湿漉漉的衣服挂那里。客厅的灯光让那些内衣内裤的影子投到对面楼里去。刘炳强从楼道下来，那些影子包围着他，而他也心甘情愿被包围。

刘炳强的手指足够长，很适合弹吉他演奏钢琴什么的，当然也是当小偷的料。吉卜赛人的手指长到足够抠五个人的鼻孔，但也不是所有吉卜赛人都当小偷，当然也不一定都会弹吉他。

清风从窗户外吹进来，绿色的窗帘布又轻轻地抖动了一下。

一支塑料玫瑰花插在一只短袜上，包上一张纸条，小花猫跳上了窗户，邱丽珍合上了杂志，撩撩头发走到窗边抽出玫瑰花。纸条掉在了地上。

丽珍一打开，里面是一封情书。刘炳强对邱丽珍的爱全部都写在上面。

喵的一声，猫将窗台上的那盆仙人掌弄掉了，碎了一地。爱情的故事也正式开始。

后记：

关于刘炳强和邱丽珍的爱情故事我无需多讲，爱情的故事都大同小异。不过我们还是可以来聊聊"爱情"本身。我认为"爱情"是个奇迹，和生命是个奇迹是一样的。所以爱情一上来，就是古老的，古典的，经典的，爆炸性的。

爱情，也跟死亡一样，死亡也是古老的，古典的，同样道理也是经典的，但是在不同的时期有不同的死法，现代的很多死发生在医院，死于癌症，死于平庸，死于无聊。战争年代，死于战场，死于饥饿。原始年代，死于大自然的残酷，等等。

爱情和死亡一样也有不同的显现方式，但，其内核不变，它不是被社会定义出来的东西，跨越性，到达爱情，那么真正意义上的爱情就是艺术、诗歌。

最后再附上一首和爱情有关的诗，不过写的是通俗意义上的爱情，还是从邱丽珍买的那本诗集里摘录的，大家一起来研究一下，这次我就不分行了。但，分了段。

玛丽、杰克，还有露丝

玛丽爱上了杰克，玛丽原名叫马杜鹃，杰克就是陈杰森，他俩是同一家公司的。朝九晚五，抬头不见低头见，爱情就发生在打印机旁边，也有可能还发生在茶水间或者饭堂。

本来一切正常，像家里的"海尔"微波炉一样可以用好多年。可是命运啊就是狡猾鬼，老狡头。红玫瑰还是白玫瑰，微波炉还是烤箱，马杜鹃还是刘彩霞，爱她你就不能爱上别的她。

打麻将的刘彩霞，魅力都在牌里。陈杰森输钱，输得心甘情愿。

一首日本歌代表陈杰森的心，在流动的卡拉OK

摊里，马杜鹃说：昨夜我发了一个梦，梦见兔仔娶老婆，猫鼠装雅做新人，兔仔跳入猫鼠洞。我就问你一句，你到底爱不爱我。

情歌

　　城中村里头，蟑螂在脚下爬着，蚊子从身边飞过，我在出租屋里头琢磨着如何为你写一首歌。我想在和弦上下点功夫，旋律早就有了，歌词就用你写的诗，当然我会简单做一下修改，主要为了押韵。

偷东西、学习、火车梦

　　我一路上忙得很，我要偷摘王母娘娘的桃子，又要偷太上老君的仙丹，又要宰掉二郎神的狗。我有空了会打电话给你的，当然了，你也要努力，好好学习如何变成一只鸟，千万不要变成一只蟾蜍，癞蛤蟆身上有毒。

　　我琴棋书画样样通，还学会了吹爱尔兰竖笛，在一辆去往成都的火车上，我学会了四方方言，一切都在掌握之中。我还想学法语、德语、越南语，哪怕学会怎么骂人，骂爹、骂娘都很 OK，就是不要鹦鹉学舌。担心语言穿过你的心，要了你的命。

　　你问我北京开往莫斯科的火车怎样？要知道光是看窗外的风景，都看肿了眼。你可能不会相信，穿越西伯利亚的时候，我真想跳下去，变成一只鹿，但又怕变不回来，也害怕那挨千刀的猎人。不过，列车上那些抢劫犯比大自然里的畜生还禽兽。

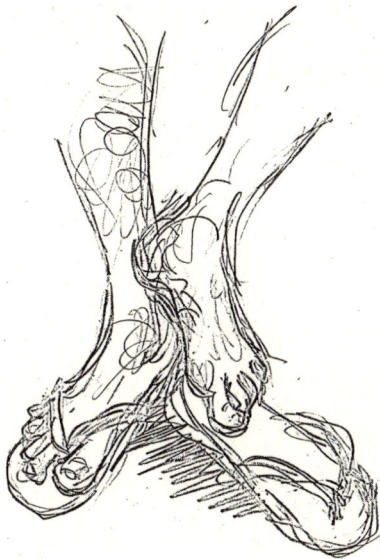

03

一半真情流露，一半靠表演

他从地狱里归来

一半真情流露，一半靠表演

他兑换了纸钱请我去喝酒

我们来到三和士多店

士多店的老板娘是个胖女人

她的胸怀可以镇两个小流氓

今天她有话要亲自对你讲

你别喝多了耍呀耍呀耍流氓

有件事情让人难忘

有个故事也相当经典

我们喝酒喝了一个白天

和一千零一个美好的夜晚

以前在家里的那个技校

学服装设计还有那个电脑

毕业以后被拉去了工厂

加班加到了十一二点

爱人将钱都藏在梦里面

醒来后大家都变成了穷光蛋

季节转换昏鸦回巢

房东的脸色真呀真呀真难看

宝石城

汽车司机发动了引擎，乘客们陆陆续续上了车。我从厕所里走出来，看见垃圾桶上面的芙蓉王在冒烟，还抽剩一大半。我赶紧拿起来，叼在嘴里，猛吸一大口。汽车喇叭再次催促，车马上要开了。

我坐在后排，汽车一路颠簸，像摇篮，没多久我就睡着了。等我醒来，已过了一个多小时了。我揉揉眼睛，看看窗外，汽车刚好下了高速，驶入国道。经过一片光秃秃的地皮，旁边有机器大手臂在那里挖呀挖，远处一座小山丘被劈了一半。

汽车慢慢地驶入县城。很脏乱的一个小县城，野狗在刨街上的垃圾堆，一条粉紫色的河好像停止了流淌。河旁边堆满发黑发绿的垃圾，几个红色塑料袋尤其鲜艳。街上到处挂着广告牌，各种各样的横幅、喷画、招贴都在推销着宝石玉镯。

这就是传说中的宝石城。

我戴上耳机听着亚历山大红旗歌舞团演奏的《田野》，感觉汽车像一匹战马，驰骋在尘土飞扬的县城中。

路两边有各种小商店，有山寨快餐店麦肯姆，有桑拿中心，有购物广场，电线杆上有麻雀。路边有情侣手牵手，还有逃课的小学生溜进电子游戏厅。奔驰、宝马车从身边驶过，摩托车也开得很潇洒。路上还有人在奔跑，不对，他的动作已经快超越奔跑了，应该说是在飞驰，他在追前面那辆摩托车。

结果那辆摩托车开到沟里去了。追他的人，也跳入沟里，猛踹那个摩托佬的肚子。车上的乘客也转过身探出头去看热闹。这场面好像也吸引了司机的注意。最终汽车撞上了前面的奔驰。

开奔驰的是个女的，她下了车，汽车司机也下了车。乘客们也陆陆续续下了车，有些人去沟里看打人，有些人去看汽车司机和奔驰女吵架。我拿起我的背包也下了车，我的目的地快到了，这辆车也只能送我到宝石城的汽车站。

那个摩托佬已经被踢到快吐血了，奔驰女也赏了汽车司机一巴掌。我往汽车站的方向走去。现在他们是死是活已经跟我没关系了，他们已经超出我的感知范围。

汽车站很新，看起来应该刚建好没多久。一个拉客佬问我去哪，我告诉他要去的地方。他说十五块钱拉我过去。我说八块。他没回话，他看了看我，接着将目光移到我的破行李箱上，然后望向外面，汽车站对面是一片工地，建设蓝图表明，那里正在建设新的宝石批发市场。

未来的宝石批发市场上空，一片火烧云，司机突然阴沉着脸。我觉得可能我砍价过分了，就改口说十块。他点了点头说好。

没想到，看起来沉默寡言的司机是个话痨，车一开就说个不停。他说最近治安不好，年前放了好多白粉佬出来，到处偷东西，抢劫。抢了钱就去买毒品，那些小毒贩，良心都被狗啃了，在烈士陵园里卖那些掺了毒鼠强[1]加了止痛片的白粉。他叫我

1　一种无味、无臭、有剧毒的粉状物，毒性极强，在杀鼠方面使用广泛，也称"鼠没命""三步倒"等。

晚上没事不要出来。现在一过十二点，只有鬼才会在外面晃。

司机说，现在城里的女孩子都不敢戴首饰，不敢背包，尤其是耳环，分分钟耳朵都给扯下来。钱呐，都是用塑料袋来装的。接着又说起在汽车站发生的暴力事件，真是狗血，怎么说呢，那新来的小子脑瓜子不好使，真是被驴踢了，傻X啊，我们一直在汽车站拉客，都懂得江湖规矩，我们说十块钱不载，结果那小子马上咧着嘴说，来我这啊，我五块送你回家。我们听了这话就不高兴了嘛，破坏市场，大家是要共赢才对嘛，你发财我发财，但那傻X不懂，这不，就对骂起来了，骂一骂也就算了，但那小子脑瓜子不好使嘛，蠢，笨，反正就是个傻X，骂不过别人，不服气，竟然掏把小刀出来，我知道这傻X拿刀也只是想吓唬吓唬人，可是，吓唬谁啊，根本没人怕他，反倒笑话他，什么难听的话都说出来了，他手里拿着刀，大家都在笑他，这下不见红，该多丢脸啊，所以就捅了两刀啰，我告诉你这两刀值多少钱，十二万啊！拉客要拉到火星去咧！一刀捅进一个人的右胸，差点没把肺给捅破，一刀捅在另一个的手臂上，割断了一块肌肉，一根筋断了再也接不回来了，满地是血啊！那小子慌了，开始说自己不是故意的。你看，管你真情还是假意，结结实实的两刀，赔钱赔死你，你想想，如果这两刀都捅在一个人身上，那还可以算个批发价，少赔点，你说是不是，但两刀各有去处，分量很足，赔钱赔死他，那个傻X。

　　一直说到我下了车，司机还在唠叨，最后还叮嘱我说，听说这边以前好像是打靶场，枪毙反革命分子的，风水不太好，晚上出来要小心点。

工业革命

借助工业革命的东风，我们努力工作向前冲，和过去的生活产生了巨大的裂缝。以前我们关心村里的寡妇睡了没有，现在我们关心石油，关心战争，关心艺术，关心宇宙，关心人生，关心所有人。

你有烟吗？给我一根吧。俗话说的，你应该懂，鳏夫房顶炊烟少，寡妇门前是非多，我早就告诉你了，远离那个女的，早点振作起来，参加工作。

交通事故

　　那是很多年前的事了，我哥跟我说的。当时他还在服装厂里做工。有一天晚上他没有去加班，那天工厂门口发生了交通事故。有一个骑摩托车的人，被汽车撞晕了，倒在马路上，摩托车压着他，肇事司机逃跑了。没过多久摩托车就着了火。工厂里的一百多号工人看着他，竟然没有一个出去帮忙。太可怕了……听起来像个寓言故事。

　　火啊，就这样一直在烧，那天晚上也没下雨，天气晴朗，最后那个人被活活烧死。我哥说要是他在场的话，那个人肯定死不了。这不是最可怕的，最可怕的是下一段。

　　第二天依然是个晴天，工厂里的一个女工得知，昨晚被火活活烧死的那个人，就是她的儿子。而当时她也在看，当时大家都在看，大家都没有出去帮忙。

卡拉永远 OK，爱情瞬间破碎

萌芽书店

俊诚往河边走去，脑子里一片混乱。

每个地方都会有一条河，我们都称它为母亲河。它养育了我们，给我们带来了构成生命的基础，也就是最为重要的水资源。但随着人口增加，工业污染，母亲河成了个笑话。过去水是很清澈的，鱼虾也很多，现在河里发臭，毛都没有（哦！河水黑又黑，乌贼的眼泪）。更荒唐的是，为了建设文明县城，河两边居然装起了霓虹灯。夜幕渐临，星星们还没登场，那些鬼魅一般的霓虹灯就亮了起来，变幻着颜色，它让母亲河变成花柳巷里那些浓妆艳抹的老妓女。

俊诚朝那条奄奄一息的河走去。他想到河边去诉说一下他的忧伤，当然是诉说给自己听。河水只会流淌，没有耳朵，说真的，它们也不想听这些苦水。

爱情产生在萌芽里，然后顺其自然，野蛮生长，如果发酵太久了，那就有问题了。他一开始不知道什么叫作爱，模模糊糊，到他意识到的时候已经晚了。天黑了。

县城有两家书店，一家是新华书店，一家叫萌芽书店。

萌芽它卖新书也卖旧书，书店的老板是秀芬的舅舅，曾经在首都闯荡过，是个有追求的人。有追求？那就奇了个怪了，既然有追求，为什么还回来这个鬼地方？真让人疑惑。要不是走投无路，谁他妈的会"衣锦"还乡？我信他个鬼。也许原因没那么复杂，书店老板在外头确实遇到点挫折，再加上父母老了，种种原因吧，就回来了。真没意思。书店老板对这里爱恨交织，爱是虚构出来的，恨却是实实在在的。他会时不时批评一下这个地方，先是批评一下它的地理位置，说它铁路都不通，是土尾的世界[1]、世界的边缘；又批评现在的年轻人，没

---

1 雷州话，指陆地的尽头。

文化，不读书，只想着发财，目光短浅，贪图玩乐，还说他侄子连恋爱都不会谈了，整天看色情片打飞机，萎靡不振；再批评附近的工厂，说它们污染了河道。这几年因为台商投资，建了一些工厂，周边村落的年轻人会到厂里来打工，街道慢慢就热闹起来了，河道是污染了，但人们的生活品质明显提高了。那又如何，在他眼里它依然什么都不是。他认为的家乡应该是他认为应该的那样。他热爱生活，感觉自己就是生活的艺术家，紧紧贴着生活，但其实他是在意淫一种文人墨客的生活，那种生活既不发生在古代，也不发生在现在，它在幻界。

他时不时写写文章，文章一般会投在县城的报纸杂志上，那些根本没人看的刊物，里面的内容已经无聊到邪恶的地步，煽情的句子，似曾相识的画面，千篇一律的调调，恶心的配图，让人头晕脑涨。

书店老板送俊诚一本，请他指正，他认为他是个不错的青年，有想法。是有想法，但不是那种想法。俊诚的想法很直接。不过，他还不完全是个傻子，他还是稍稍懂点人情世故的人。他微笑着点点头，什么都没说，一个屁都不放。但转身跟秀芬说：太可怜了，写成这样，如同嚼过了一辈子的口香糖，浪费生命，如果说狗屎存在的意义是因为狗的胃曾消化过肉，那么这些文学的屎，本身就是吃屎消化得来的。秀芬不太同意，她认为这是作者真诚、真实的表达，是值得尊重的。俊诚认为它们是真是假，根本不重要，不好玩，一点都不好玩，没意思，屎是真的没什么好玩的，尊重有什么用呢。不好玩，那你觉得怎样写才好玩，秀芬问。我也不知道，俊诚说，我怎么可能知道。对俊诚来说，这世界，一点深度都没有，风也好，雨也好，植物也好，动物也好，大家都不知道自己想干吗，这是构成世界的基础，万物的开端。

秀芬很随和。不对，随和个屁。她挺没心没肺的，她根本不在乎，XIUFEN SHE DOESN'T CARE。说实话，对于这些文章，她也忍无可忍了。要不是因为报社这份工作是托舅舅的关系才搞到的，她也懒得说些捧场的话。

奥德赛酒店

世界之窗地铁口坐着一个走鬼的。他把货物摊在地上，一些地图，中国地图啊，世界地图，还有大大小小的地球仪。

街上行人匆匆。他为了招揽些生意，拿着其中一个地球仪，用手指将它转了起来。手指从美洲到欧洲，再跨越整个欧亚大陆，来到中国，过了东海，然后横渡太平洋，回到美洲，手指停在了大西洋上。地球仪忽然就这样亮了起来，不过很快它又暗了下去了。手指再次启程，围绕地球转了一圈又一圈，地球仪越转越亮。一个会发光的地球仪，不用电池，就是手摇发电机的原理。

秀芬挽着何主任的手走出了地铁口。他们从这个发光的地球仪旁边经过，走鬼的手指停在了西伯利亚那片辽阔的土地上。何主任和秀芬的事，他老婆知道吗？何主任是那种会为了爱情抛弃妻子的人吗？为了爱情？他和秀芬的关系能称为爱情吗？爱情是什么？

他借这次出差的机会，带上了秀芬还有美编小陈。小陈是个明白人，一到深圳，就找个借口自由活动去了。秀芬是个糊涂虫，不知道是装糊涂还是难得糊涂。她喜欢何主任吗？谈不上。但也不讨厌，反正就跟着他去玩呗。他送她手表和耳环，她亲他一下；他送她衣服，请她吃饭，她亲他一下。反正大家都知道何主任的老婆信了佛，天天在家念经。何主任已经对她不耐烦到无法忍受的地步，但两人还是住在一起，怨偶，分不开。一开始何主任提出离婚，他老婆想到的办法只有两个，一个是怎么跳楼死在他面前，另外一个是拿刀捅死孩子再自杀。这两个都很糟糕，都非常不好，哎。后来她顿悟了，再碰到何主任提出离婚的时候，她就变成一块石头，一句话不说，几个小时一动不动，任凭时间一点一滴流逝，但她内心的痛苦谁知道呢？

秀芬的出现，对于何主任来说就是天使落到他面前，对于美编小陈来说，就是一个荡妇的诞生，对于俊诚来说，就是爱情，是水晶、是电、是光、是他的 superstar，他琢磨不透，他为她发疯。

俊诚和秀芬是中专同学，他读工艺美术，她读会计。秀芬中专毕业后，托舅舅的关系在报社找了份工作，当上了打字员，也帮忙冲茶倒水，打杂。

县城里只有一所中专，它是那些不敢出去外头闯荡，也不愿去厂里做工，更不愿听父母唠叨的年轻人的避难所。当然，也有一些人，是真心想学点东西的。可是，在那里你能学到什么呢？它只会帮你把时间一点一点浪费掉，然后你就长大成人了。

不知道从哪一天开始，俊诚突然想对秀芬表达他的爱。可能是去年中秋节的时候，也可能是百货大楼着火的那天。他意外发现了秀芬的美，也开始懂得欣赏这种美了。但俊诚的爱表达得很含蓄，他甚至都不好意思说出来，以至于秀芬在他云里雾里的爱里失去了耐心。

报社在老电影院旁边。老电影院的三楼是个卡拉 OK 厅。秀芬就坐在卡拉 OK 厅里面。今天何主任过生日，他们在庆祝。秀芬从舞台上走下来，她刚刚唱了一首歌，很好听，是关淑怡的《忘记他》。

在卡拉 OK 厅里唱歌，有点上台表演的意思。一个大舞台，底下坐着十几桌客人，大家都在看你表演。那个的士高玻璃球就在你的头上转啊转，射灯将变幻着的光投在了玻璃球上，从上面反射出来的蓝色小点，印在了何主任脸上，玻璃球缓缓地转了一圈后，蓝色小点变成红色的小点，印在了秀芬脸上。

客人想上台唱歌，需要跟服务员要一张纸条，然后在歌曲簿上翻呀翻呀，找呀找呀，然后将找到的那首歌的编号写在纸条上。何主任将纸条递给服务员。服务员拿着纸条，来到播放室。播放室就在舞台旁边，门是关着的，但门上面有个小窗口，服务员将纸条递进小窗口，负责播歌的小妹接过字条，眉头一皱，心想，又是这首歌，今晚都唱了多少遍了。她将镭射大碟从铁架上取出来，放进播放器。然后拿起麦克风说，有请三号台的客人上台演唱《涛声依旧》。

俊诚将单车停在电影院门口。当他把单车停好后，抬头看到的不是月亮，看到的是何主任搂着秀芬的腰。他们在卡拉OK门口热吻，这一幕很经典，卡拉OK门口变幻着的霓虹灯招牌照耀着他们。俊诚心脏一绞，月亮成了满天星，星星变幻成玻璃碎片。就这样，满天的玻璃碎片砸了下来，一场雷阵雨随之迎接了俊诚那颗绝望的心。天空开始下起了雨。

那个吻持续了很长时间，有好几年了，俊诚一想起这事，心里就难受。

何主任喜欢打秀芬的屁股，一下一下的，先是轻轻地，再慢慢一点一点加重。在世界之窗奥德赛酒店里，何主任的皮带像是有了灵魂似的，它像条蛇一样缠着秀芬的双手。

何主任喜欢文学，他几乎看过乔治·奥威尔的所有作品，他喜欢《动物农庄》《伦敦巴黎落魄记》，在他的行李箱里还放着一本《在缅甸的日子》。

秀芬也是爱好文学的，所以他们有很多时间在聊小说啊，聊电影啊，聊聊怎么写作。

虽然在报社工作已经很接近文学了，但何主任还是觉得空虚。他说报社出的那些玩意儿根本没人愿意看，里面的内容已经无聊到傻X的地步，煽情的句子，似曾相识的画面，千篇一律的调调，恶心的配图。不好玩。一点都不好玩。没意思。不好玩。那你觉得怎样写才好玩，秀芬问。我也不知道，何主任说，我怎么可能知道，我又能改变什么。说着说着，他又摸了一下秀芬的乳头。秀芬吸了一口气，打了个冷颤。他们又缠绵起来了。在奥德赛酒店，金色的窗帘隔着一层粉色蕾丝薄纱，从窗户看出去就是金字塔。

镜子

感觉镜子很完美啊，它里面是另外一个世界，有我们这个世界里所有的东西。有男人和女人。有好人和坏人。有牙齿、嘴。有贪官、病毒、塑料袋。有猫和狗，还有猫粮和狗粮。有很多钱，镜子里有很多很多有钱人。也有穷鬼、流浪汉，不过他们很少照镜子。

镜子里也有电影院，发廊啊，妓院啊，什么都有。镜子里面也有镜子。太牛Ｘ了，镜子里什么都有……完美。可惜，有一点不好，就是，镜子，它太脆弱了，不堪一击，一摔就破。今天，你看那满地的玻璃碎片，她一生气摔了整个世界。

瘦子的故事

他瘦得像一张 A4 纸，如果你从侧面看，你能看到世间万物就是看不见他。

他说话的声音很虚弱，你几乎听不清他在说什么，他语速又慢，你得拿显微镜来听，在一张 A4 纸上，寻找那些个词语。他好不容易吐出一个字，这个字和他一样瘦小虚弱，它拄着拐杖走出来，每一步都走得很艰难。第二个字，我们等了一个冬天，第三个已经是下一年了，第四个字和第五个字是词，接下来我们等那个逗号，足足等了一个夏天。

爱情的故事

    阿华从监狱逃出来，改名换姓变成了阿诚，后来奋斗成了商人。在东南亚的夕阳下认识了珍妮。爱情就这样产生了。但是，珍妮可不是一盏省油的灯。

梦中梦

第一次自杀，被小梦救回来了。我喝了两瓶二锅头，然后用塑料袋包住头，就是那种最常见的红色塑料袋，最普通的那种。在我快死的时候，我的眼泪掉了下来。小梦把我从梦里摇醒。她说刚才很可怕，你的叫声很可怕，而且快吐出来了，你究竟做了什么梦。我才知道，我的第一次自杀是在梦里，而且就是这么地真实。我知道如果不是小梦将我摇醒，那么我肯定也死了。以前有一个尼泊尔留学生就是喝多后躺在沙发上睡着了又呕吐，被自己的呕吐物噎死的。虽然那段时间我确实不想活了，在梦里也实行了自杀，但毕竟不是现实中的自杀，我的眼泪又掉了下来，我知道我的魂魄已经死得差不多了。

之后很长一段时间，我都在白天睡觉，跟蝙蝠一样，也像吸血鬼，活在棺材那样的出租屋里。小梦基本上等于养着我了，但她的能力有限，我们从一个两室一厅的房子搬到了一个一室一厅的房子，然后又搬到如今这个大开间。一开始她做接线员，整天接一些让人绝望的投诉电话，大家说话都很晦气，也有一些说话很有意思的，但也是换着方式来问候你的祖宗。后来她在白马服装城找了个销售的工作。她不光口才好，身材也很好。那些来批发衣服的人喜欢让她试衣服，她是天生的衣架子。那时候她经常早上穿着牛仔裤出去，晚上下班穿花裙子回来，有时候短头发有时候长头发，她的样子在阳光下和夜色里变来变去。我喜欢她，我爱她。她也喜欢我，也爱我。怎么说呢？我们到现在依然热衷于做爱。我不明白，我那时为什么想自杀，我简直是个傻 X。他妈的，如果时间可以倒流，我真想回去抽死我这个畜生啊。

服装城里面的日子过得会比服装城外面的日子快很多，小梦就这样过了两年，直到她怀了老板的孩子。我知道这事时她的肚子已经瞒不住了。她那微微隆起来的小肚子激起了我的性欲，但她在哭。

生活告诉她还是要找一个有钱的男人，而我很穷。我没什么话好说，但我依然爱她，我希望她能打掉孩子，我希望她再给我一次机会。那天她坐在书架前，几乎是瘫坐在那里。那个书架是去年我在二手家具城花三十块钱搬回来的。三十块钱能买一个这么好看的书架，那天我和小梦都高兴到叫了起来，太好看了。

她低着头不看我，眼泪被灯光照得晶莹剔透，她的眼泪太漂亮了，每一滴都很漂亮，像露水。如果那时有一台照相机，我真想给她拍一张照片。可是我什么都没有，我的手机连拍照功能都没有。我想摸摸她的脸，但我觉得我已经失去这种权利了，我得让她点头答应我，原谅我，我才有权利抚摸她的脸。我很紧张，我害怕永远失去她，所以我只能哀求她。为了挽留她，我说了很多恶心的话，那些话我现在都不好意思打出来，当时它们从我的喉咙传播出去，在空气中，我知道它们肯定能到她的耳朵里的，肯定可以，它们一定行。结果正如我所想。它们成功了。她回心转意了。我答应她再也不会用自杀来威胁她了。她也答应我回到我的身边。

之后的日子过得晕乎乎，我总是认错人，有时候在街上看见小梦，我上前去牵她的手，结果牵错了人。我从街上回到家中，小梦对我笑，说有一个人来家里唱歌，唱的是闽南语情歌，她还学着唱给我听，那种语言奇怪，没有粤语平滑，也不像国语有颗粒感，可能因为小梦不懂闽南语，她像一只鹦鹉在学舌，差点咬到舌头。唱完歌小梦和八哥鸟就进厨房去做饭了。我买回来的鱼她可以做成猪肉馅的饺子，有时候奇怪的事情，我不觉得奇怪，我看着她，只要眼前这人是小梦，那么一切都是真的。她给我倒可乐，我喝不出味道来，我很口渴，一杯一杯地喝。吃着吃着，我感觉头上好像有什么东西在爬，我拍了一下头发，一只蟑螂掉在了地上，这时候天也亮了，但是我感觉头上还有，我又拍了一下，又多了几只蟑螂，我不停地拍，蟑螂越来越多，从窗外还飞进来很多只，小梦的头上也有，很恶心。蒙蒙眬眬我听到有人在叫我，一个遥远的声音。

列车员把我摇醒，终点站到了。最近工作太累了，总算在火车上好好补了个觉。

旅行、蓝色的水母，还有一巴掌

许昌龙在出租屋里躺着。

这么多年他都干了些什么呢？他结过一次婚，零零碎碎打过几份工，都很短暂。还在一个老师傅家画过一段时间的行画，挣了点钱就抽身走了，话都不留一句，就走了。好像还偷了老师傅家里的一些东西，不知道值不值钱，反正老师傅的肺快被他气炸了，把昌龙用过的茶杯砸了个稀烂。

昌龙看着天花板，天花板上什么都没有，像一张白纸，很适合用来回忆。回忆也是一种想象，它们都是用大脑的同一个区域来处理信息的，但老实的昌龙并没有动用想象的力量把回忆处理得美好一点，而是结结实实地掉进回忆的漩涡里。

两年前，他莫名其妙地跟几个朋友去国外旅游了一次。那次旅游可以用可怜来形容了，就是在异国他乡的一条陌生街上来回晃。

在菲律宾的一个小岛上，昌龙穿着人字拖。这是他第一次出国旅行，他用光了所有积蓄来完成这次穷游。那十几天，他在一条陌生的街上走过来，走过去，走过来，走过去，直到它活活变成了一条熟悉的街，然后他在一个不怎么好看的沙滩那里游了几次泳。唯一让他感动的是在太阳快下山的时候，他在海里看到了一只蓝色的小水母，发着幽幽的蓝光。他第一次感受到这个星球的神奇，他想伸手去摸它，但很快它就溜走了，消失在夕阳折射下的海水里。

还好他没摸到它，当地人告诉他，这种水母是有剧毒的，被蜇到后果很严重。他想知道后果有多严重，当地人复杂的语言模糊了答案，他的朋友又不太愿意给他翻译，不耐烦地走开了。他看着当地人的脸，用一种只有他自己才晓得的语言，问后果怎个严重法。当地人听了牵着他的手，带着他来到一棵椰子树底下。昌龙连忙表示不是那个意思，他不想做"马杀鸡"。最后他用一种类似舞蹈的语言，加上混合了布谷鸟和猴子的声音，完成了他那次思想表达。当地人终于懂了他的意思，就比手画脚地描述了那个恐怖的后果，大海啊，无限的恐惧，还有一千种死法，水母变成鬼都不会放过你，它幽灵般的毒素实实在在地发挥着作用，你会口吐白沫，全身变成烂泥，皮肤底下的血变成蓝色，眼睛变成牛蛙的眼睛，手和脚变成鱼的鳍，尾巴下垂，头发像海草那样飘在空中。他完全理解错了。但是后果肯定很严重，会死人的。

为了省钱，他的朋友建议找苍蝇馆子吃饭。所以在菲律宾的那十几天他们基本上都在一家背对着海的小饭馆里用餐。他现在都记忆犹新，那些菜像剩饭似的。他们坐在一个铁棚底下，拿着刀叉，中午一顿，晚上一顿，吃着吃着已经忘记了自己是在旅游，好像回到了小时候在少管所的日子。那些炒得过老的菠菜，没什么黏性的米饭，还有那锅滚汤。当然，这样联想有些多愁善感了，其实挺烦的。他的朋友很不喜欢听到他那些负能量的过去。今天，我们来讲点开心的吧，他的朋友们说起上一次旅行的事，当然了，也是一次穷游，去尼泊尔玩了十几天，两个人来回才花了五千多块钱。昌龙说，你们是去坐牢吗？机票都要五千多了吧。他的朋友没接他的话，继续说着他在尼泊尔的趣事，比如他被一只猴子掴了一巴掌，比如在一辆旅游巴士里邂逅了一个金发碧眼的美女，又比如不小心夹到一个帅哥的手，还说起了尼泊尔的一种奶酪，那奶酪很便宜，又好吃，还有一种烟，简直呛死人了。

在出发之前，他的朋友很夸张地跟他描绘这次旅行，他属于不夸张会死的那种人，不过也是出于好心，他真心认为昌龙应该出去放松一下，他那段时间状态不好。昌龙也天真地认为旅行可以给他带来新的改变，特别是这种有异国情调的旅行。为了办理护照，他特意回了一趟家，他需要户口簿。家里的情况可以用灯光昏暗来形容。在家里吃了一顿不太愉快的晚餐后，他妈从衣柜里拿出户口簿给他。他爸已经被气到一句话都说不出来了。

那天夜里他躺在家里的沙发床上，一直睡不着，所有记忆的碎片从四面八方不断地涌现，他大脑都快短路了，脑瓜子最痛苦的事情就是想那些痛苦的事。他想起从前有一次，他无意中偷听到父母的对话，当时他认为句句都是狗屁，荒唐可笑；过后，他越想越可怕，越想越心酸，眼泪都掉了下来。他父亲怀疑他有精神病，这个怀疑不是凭空出现的，他父亲算是一个聪明人，虽然没读过什么书，但很多事情他都能理解，并不认为一切事情都是非黑即白，非正常人即神经病，非女人即男人，他曾经对同性恋表示过理解，说明他也是个通情达理的人。他说他们家族几乎每一代人里都会出现一个神经病，而这一代，他怀疑是昌龙。确实，昌龙的行为很让他费解。从工艺美术班出来后，在父亲的眼里，他就已经变得足够奇怪了。在我眼里，昌龙再正常不过了，他既不是疯子也不是天才，就是一个正常人。

他父亲叫他画一幅静物，想把它挂在客厅。他画了一串黑葡萄。但，这不是那串经典的葡萄，这串葡萄悬在空中，背景是一片粉紫色，形状有点像一条鱼，但也说不出究竟像什么鱼，仔细看，这串不伦不类的葡萄里面还有一颗裂果，颜色加深了，感觉像颗烂葡萄，反正让他父亲怎么看怎么不舒服。他父亲想要的静物是永恒的经典：几个苹果，两三个梨，一两串葡萄，一个花瓶和一条有皱褶的布。昌龙说，你不早说。他父亲说，这还用说吗。其实昌龙知道，他就是不画。他爸感到莫名其妙，为什么不好好画呢，好好画嘛。

他自己还画了很多人像，多数是一些面无表情或者阴沉着的脸；除此之外，他还画了很多以性为主题的速写，没好意思拿出来。当然，他父亲无意中看到了，看得心里发麻。他父亲总会有意无意地看到他的东西，这点也很变态，像一只无处不在的老妖怪，两眼发光地翻阅昌龙的东西，还偷看他的日记。日记？不对，那些东西没有日期，没头没尾，零零碎碎地写在各种纸张上，不像诗歌，也不是故事，就是昌龙对人生的一些思考。这些思考有些很经典，有些很肤浅，有些很无厘头，有些相当极端，点点滴滴都记了下来。他父亲认为儿子没有树立一个正确的人生观，他越想越不对劲，作为一个很经典、很通俗的父亲，他认为儿子应该走上正道，应该画一些生机勃勃的画。如果非要画一些死气沉沉的、没生命迹象的东西，那么，可以去棺材街跟一位老师傅学画死人像，这也是一条人生出路。所幸之后昌龙去贝雕厂画贝壳时，他分得清楚工作和理想、艺术和人生。他在贝壳上画出了一只只栩栩如生的丹顶鹤，一条条婀娜多姿的小金鱼，大家都很满意。

在读中学的时候，昌龙的表现也让他父亲头疼了一阵。有一次，老师叫他去学校谈话。班主任语文老师觉得昌龙很有问题，其中一个原因在一篇叫《游泳》的作文里，这是期中考试里的，要求写一篇跟体育运动有关的作文。昌龙很详细地写了如何学习游泳，用词简单，写得像说明书那样，毫无感情，这也不是什么大问题。问题是他根本不会游泳，也没人带他去游过泳，他自己也表示不喜欢游泳，那些方式是他自己想象出来的，他还发明了钉螺旋转式的游泳姿势。好吧，这都不是什么问题了。真正严重的是，他用了三分之二的段落，详细地描写一个溺水者是怎么死掉的，而这个溺水死掉的人就是他的语文老师，虽然没有写名字，但瞎的都知道昌龙是在写他。昌龙的解释是考试的时候，写到最后脑子一片空白，只能盯着老师看，所以就抄了他身上的所有特征。老师则认为昌龙是故意的，虽然他本人并不在意别人怎么写他，但昌龙这样咒人去死，是不对的。因为他完全可以随便虚构一个人来溺水而死，既然都可以虚构出钉螺的游泳方式。况且，话又说回来，写游泳就写游泳嘛，干吗写溺水呢，已经离题了。还有，他只写作文，其他的一道题都不写，数学也只考了三分，政治和生物考试第一个交卷，花了不到一分钟的时间填了所有选择题，上课不好好上，老画一些不三不四的画，还传给其他同学看，有些画很变态，很黄很暴力，体育课一跑步就躲进树林里。他父亲皱着眉头，忧愁流淌在他脸上，慢慢汇集成绝望。他从来没有想过，他的儿子会是一个变态，在教务处里，他觉得老脸都丢尽了。

昌龙接着解释，说他只是把它当故事来写，写着好玩，从来没有想过要咒谁去死。

"闭嘴！"

他父亲大喊了一声，一巴掌打在他脸上。这巴掌很响，响到现在它还在响。

螃蟹横着走

一开始，我跟我爸说，我想跟他学厨艺。当时他在海边的一个饭馆做厨师，偶尔回一趟家。他跟我妈的关系很紧张了，那时，他们随便说一两句话就会吵架。我很不幸在他们刚吵完架时跟他说了这个请求。他告诉我，几乎是吼出来的：你要做什么都行，就是不要做厨师。

好的。如他所愿，也如这个世界所愿吧。他娘的，对不起，我又要发牢骚了。他妈的，我是属于世界的，我的命运随风飘荡，像海洋里的浮游生物。其实我也根本不想做什么鸟厨师，我只是想去海边逛逛，我想在海边找份工作，帮我爸切切葱也不错，但命运就是要让我干点别的。

我先是在我同学的食品厂做沙琪玛。他收留了我，可以这么说。

我的工作是将商家退回来的"走油"（过期或变味）沙琪玛一个个拆开，扔进搅拌机，和新的面粉搅和在一起，接着工人就将它们做成一个个新的沙琪玛。我不明白为什么要这么做，我同学说，他一出生就看到他们这么做，没有问题，没有毒，可以吃。明白，就是高温消毒，或者说生生不息，轮回，沙琪玛一路杀到底。

我偶尔也偷吃几个，我没觉得有什么问题，味道挺好的。但我同学的哥哥觉得有问题，他认为我不应该偷吃。可是我只是被他看到而已，其实还有几个人在偷吃，他们技术高明，没有被发现。我懒得说了，我也不想继续做这份工。我不明白为什么不让过期的沙琪玛安息，而非要让它永恒。

每天都能收到"走油"的沙琪玛，不多，他们说这些很正常，一百箱里总会退回那么几箱。其实也没多少，扔了就好了，非得让一些好好的新鲜面粉就这么被糟蹋掉。最后我当着他哥哥的面吃了最后一个沙琪玛。说句良心话，他们家的沙琪玛做得真不错。

电影院旁边的桌球室要招人，但不招我，他们没告诉原因。但我在那打桌球时，他们一直在观察我，我以为我好好表现，他们会改变主意，但是没有，他们没有改变主意。我甚至还调整了站姿，让自己看起来端庄一点，不像个二流子。但有些偏见是刻骨铭心的。

我看天空的时候，天空也在看我，我照镜子时镜子也在照我，我不在的时候它们在干吗呢？答案是，该干吗干吗。我看着海鲜批发市场的招工广告，有些商家要招一些苦力。我想先从那堆海鲜开始，找找感觉，以后或许可以出海捕鱼当个水手。现在先做点练习吧。先存点钱，先动起来。生命在于运动，运动在于消耗。

渔民们将肉蟹和膏蟹分好，扔到不同的箩筐里。阿富和阿华骑着摩托车将螃蟹运到胜记海鲜批发。

胜记海鲜批发的老板脸上长着很多疙瘩，一看就不像什么好人，但事实上也没那么坏，某种意义上，他可以算是一个好人了，虽然他的认知水平很低，他和人产生的争吵都是因为频道没调对，产生了误解，或者根本不知道别人在说什么，瞎着急，并不是出于恶意，你可以说是愚蠢造成的。说他蠢他又很聪明，他把海鲜批发生意经营得红红火火的。他不抽烟，不喝酒，平时的爱好就是打牌，斗地主、炸金花他都喜欢，尤其热爱斗地主。

绑蟹的咸草要在锅里煮两天，一来咸草变软了，绑起来不会断，二来让那些水充分进入咸草体内，这样一绑，一只蟹至少多二三两。绑蟹这项工作不是说你想绑马上就可以绑的，它需要练习。普通人可能要绑个一两个月才能上手。头几天被蟹钳夹住是理所当然的。蟹是不会高兴让你捆绑它的。

哦！No！我的手又被钳住了，老板的小女儿拿铁钳给我，我轻轻地把蟹钳打开。在铁钳面前，蟹钳算个鸟啊！之所以轻轻地，是为了避免把蟹钳搞断。

老板的女儿还在读幼儿园，她喜欢收集小螃蟹，还喜欢在死掉的螃蟹壳上画画。她很有画画天分，应该好好培养。老板也这么认为，他准备送她去学国画。他问我齐白石画的一只虾现在值多少钱。我不知道。值五百筐螃蟹的价钱？不止。反正很值钱啦。

本来螃蟹是不需要绑的，你只要将它抓起来扔到锅里去煮就行了。但是商业上需要，如果不绑的话，运输过程中螃蟹会在窄小的空间里打架，那么就会造成缺胳膊少腿，这样卖相就不好了，但味道倒是没什么变化。所以，为了多搞钱，将蟹都绑起来，再打上一个漂亮的结，再加多一根草来绑，再加多一根，这样更重。一般来说一个工人一天能绑三百多斤蟹，一只蟹大概七八两重吧，你去数一下，看看有多少只。

头一天，我对付那十几只蟹就花了半天时间。老板鼓励我说：你是我见过的最差劲的绑蟹工，如果你明天还是这么慢的话，就滚蛋另谋高就吧。

老板的这番话激发了我所有的潜能。后来，一切顺利，而且包吃包住，工作之余，我就和那些老油条打起了斗地主。

后来，他妈的，真狗血，老板的小女儿被人贩子拐走了，就在幼儿园门口。再后来老板全国各地到处去找，生意就交给他小舅子去管了。他小舅子简直是个废材，什么都不懂。气死我了。

后来，我走了。

电驴

没有什么可说的，我们期待下一个变革者。马斯克开发 Neuralink[1]，以后很多话我们都不用嘴巴说，到了那天，我想什么，你都能懂。

有些人掉进太空，有些人藏在现实里头，我的新衣服还在工厂加工，我的心一直跟随我走。总有一天，我们所有人都会变成雕塑。

有人变成鲤鱼，有人变成蝙蝠，他们被倒贴在门上，既喜庆又可怜。

太阳神一直都是我们的朋友，你以为你聪明、理性，其实你是个笨瓜、一根筋。像你这样的人

1　Neuralink 是一家由埃隆·马斯克（Elon Musk）创立的公司，研究对象为"脑机接口"技术。"脑机接口"就是将极小的电极植入大脑，利用电流让电脑和脑细胞"互动"。

如果装上 Neuralink 那会更头疼。好吧，这么说吧，未来我们所有人都是一头电驴。

一条空空荡荡的大街

　　一个疯子他需要有多大的能耐呢？他需要什么？他仅仅需要一条空空荡荡的大街，在一个小县城里，大街上的店铺都关上了门，谁也不愿意在六月酷暑的下午打开店门拍苍蝇。这条空空荡荡的大街可以属于任何一个疯子，他可以边走边大喊大叫，可以随意踢翻一两个垃圾桶，可以用力敲打某个商店的铁闸门，让躺在里面睡觉的店铺老板经历一次地震或海啸。可是需要吗？他需要这样吗？他仅仅需要一颗坏掉的脑袋，外加一条空空荡荡的大街。不对，仅仅需要一条空空荡荡的大街即可。

沙发

一张双人沙发，灰色的，从宜家买回来的，应该是打特价的时候买的，自己安装，省了八十块钱。以前，平常可以用它来躺着看书，坐着喝茶，可以在它上面睡午觉、做梦，而且，还可以在上面做爱。当然，我知道，有的时候，狗也会偷偷跳上去。现在，它破破烂烂的，放在小区的垃圾桶旁边，静静地等着环卫工人，过来收拾它。

马戏团和流浪歌手来到捷胜城

　　我在捷胜生活了十年。在我十岁那年，父亲生意失败，欠了一屁股债。他经营过餐馆、发廊、卡拉OK厅，都以失败告终，再加上赌博输钱，除了欠银行和朋友的钱，还借了高利贷。就这样，天时地利人和，我们全家连夜跑路，离开了捷胜，去了海城。

　　捷胜这个海边古城，原名捷浪埔。明朝初期作为军事要塞纳入了国家海防体系，建立捷胜所城，取原地名"捷浪埔"之"捷"字，加取"胜"字，寓击敌必胜之意。民国初期，它坚固的城墙被拆除，只留下几米长的一个破墙角。

　　所以当时，我们一家半夜从北门撤离时，捷胜城已经没有所谓的"北门"了，没有城楼，没有城门，没有城墙，只有北门边上一家福建人开的饺子馆还亮着灯。我们就这样逃离一座记忆中的古城。

在捷胜的那十年，给我留下许多愉快的童年记忆：卡拉OK厅里的歌声，发廊里的洗发水香味，在餐馆里看我爸做烤鸭杀蛇剖鲨，还有当地人求神拜佛的各种祭祀仪式，各种街头卖艺表演，有线电视机里的香港电影、日本卡通片……虽然我们连夜出逃时有各种"美中不足"。按照传奇故事或港台连续剧里的经典剧情：逃亡一座城池，需要一辆马车。现实是一辆小货车，很现实主义，毫无惊悚悬疑，事情早就策划好，当晚司机一脸不耐烦，我妹妹都困了，想睡觉；小货车本该磕磕碰碰地行驶在古城的石板路上，这个情节也是多余，只有部分小街道保留了石板路，通往北门的大街早已铺上了水泥路；一路上很顺畅，也没有垃圾和野狗挡道，债主们都在睡觉；贿赂守卫城门的卫兵这事也省了，如果卫兵们还在，那么他们当中最年轻的也可以当我爷爷的爸爸了，而我爷爷已经仙逝了好几年。只有月亮是同一个月亮，这个永恒不变。

流浪歌手

那些在各个乡镇流窜的民间杂耍和街头表演，当时在捷胜还是很常见的，人们司空见惯，见怪不怪，像街头唱曲、舞狮、打拳头、空手拔牙、卖膏药、耍猴、喷火吞剑、胸口碎大石，小姑娘扭曲身体从一个小圆筒穿过，乞丐财神和畸形人沿街乞讨……

不过，比较少见的是流浪歌手和马戏团的到来。不得不说，在当时，一个带着吉他、留着长发、穿着大头皮鞋、打扮奇怪的人到捷胜来弹琴唱歌，还是一件很神奇的事。从地图上看，捷胜这片土地的形状如同海豚的尾巴，是三面靠海的半岛。出城往南走，几公里就到了海边，想再往前走，就得搞一艘船下南洋了。捷胜不是一个流浪歌手会路过的地方，你只能是特意过来，来看看海、破旧的码头、荒废掉的鲍鱼厂。很少有外地人会没事跑来捷胜，当然，拿把吉他在捷胜的街头唱一晚上的歌，这肯定不能称之为事啰。

这个"闯入者"对我有些教育意义。当时我不知道流浪的概念，更不可能知道流浪的意义，也不知道一个人为什么要流浪，或者说他凭什么可以流浪，反正就这个意思吧，"流浪"这个词说起来也文绉绉的。他就是个流浪歌手的形象，如果要抓一个流浪歌手来做标本，那就是他了。

不像马戏团的到来，做足了宣传，流浪歌手就这样莫名其妙地出现了。他和马戏团的老虎、狮子、黑熊一样，我都是第一次见到，真是新奇。打从北门见到他，我就一路跟着他。那是夏天，傍晚时分，我跟我堂兄阿龙吃完晚饭出去逛，到处走走，捡一些空烟盒来折成三角形。这些"三角形"都是我们以后赌博用的资本，如果捡到特殊的烟盒，那就值钱了，虽然它不能变成真实的钱，但它还是比普通烟盒值钱，这就是我们当时的观念，有点类似于原始人拿贝壳当钱使的感觉。我们在满地找"钱"时，撞见了歌手。他从北门外走过来，一路上吸引了好几个小孩子，最后在公厕旁的一栋空房子门口坐了下来。斜对面是一家水果摊，那家水果摊的老板娘是我妈的好朋友，我叫她芳姨。芳姨有三个孩子，都是男丁，其中大儿子是个傻子。显然，歌手的吉他引起了傻子的关注，傻子跟我们一样都有好奇心，只是他更放得开，马上就想去拨弄歌手的吉他。歌手则像赶苍蝇似的赶着傻子那只像八爪鱼的手——傻子的手肌肉神经天生有问题，让它看起来像只柔软的八爪鱼。

起初歌手什么都没做，只是坐在那抽烟，便引来一群人围观。后来他跟水果摊要了个纸箱，借了一泡灯。芳姨的水果摊就开在自家门口，她叫丈夫从家里引一泡灯给歌手照明，还给他点了个蚊香。空房子门口的小台阶变成流浪歌手的舞台，那泡灯就吊在他头顶，纸箱放在脚下，他坐在台阶上开始弹唱。那天具体唱了些什么歌，我现在没印象了，但可以想象，在20世纪80年代末90年代初，一个流浪歌手来到广东沿海一个偏僻的小镇上，他会唱些什么歌？不来首《大约在冬季》，也要大家一起唱首童安格的《明天你是否依然爱我》，或者毛宁的《涛声依旧》。我只记得黑压压的一群人，一圈圈地包围着歌手，很多人向他点歌，也有人往纸箱里扔钱。

我站在歌手旁边，看他表演，一直到"演唱会"结束。感觉他唱了很长时间，小孩子对时间的感觉跟大人不一样，不同步，时间跟空间对于小时候的我来说，都被放大了好几倍。从北门到南门是一段遥远的距离，一首歌也特别漫长，一个夏天简直是一年，一年就更漫长了，应该有半个世纪了。最后他卖唱一共得了八块钱。接着发生的事，很现实，马上结束了刚才大家一起开心的浪漫时光，让我看到了现实生活的另一面：芳姨的丈夫跟他要了五块钱电费。当时，我很替他抱不平，凭什么！一度电才多少钱！我心里这样想，可是没敢说出口。看得出歌手犹豫了，当时他好像讨价还价了一番，最后，现实主义战胜了浪漫主义，说多了都是废话，歌手还是给了他五块钱。

收摊之后，我和堂兄阿龙还一直跟在歌手的屁股后面，想看他究竟去哪儿。他在标兄的私人诊所停了下来，跟标兄要了一杯水喝，然后接着往南门走。感觉他好像要去海边，我们没继续跟了，去海边的话就更遥远了，那是世界的边缘。我站在诊所门口跟标兄说水果摊真是黑心肝，歌手只借了一泡灯就向他要了五块钱，他今晚只挣了三块。标兄是个年轻的医生，长得帅气，在我眼里他是个好人的形象。他只是在笑，好像没说什么。我回去又把这事告诉了我妈，我还告诉了多少人，他们都怎么回应我的，我记不得了。

有趣的是，我的堂兄阿龙，他长大后也成为了一名歌手，在街头卖唱。不过，不能称之为流浪歌手，他的形象不像，反倒像个发廊仔。他曾在广州黄埔大道的隧道里卖唱过一段时间。当时我住在石牌，时不时会去看他，偶然跟他一起唱几首。观众是那些下班后匆忙穿过隧道的无产阶级劳动人民。隧道两边都有公交站，无产阶级们下了公车，穿过隧道，一拨人当中偶尔会有两三个停下脚步，他们其中的一个可能会给你扔钱。有一次有个路人扔了一百块钱，这不是无产阶级劳动人民干的事，一般来说，丢个硬币会比较正常。当时我们高兴坏了，百年难得一见，立马闭嘴收摊去吃大排档，几瓶啤酒下肚之后，买单时才发现是张假钞。后来，阿龙在青春期结束后，去深圳待了一段时间，最后流窜到虎门，终于稳定了下来，结婚生崽，成为一名发型师，在虎门经营着一家很小的发廊。他在电话里告诉我发廊的名字，叫"阿龙造型设计工作室"。店里只有他一个人,他既是老板也是发型师,同时也是勤快的洗头妹和扫地阿姨。他还留着那把吉他,偶尔会弹琴唱歌给客人听,展示一下自己的音乐才华,业余时间还会去当婚庆主持人,在婚礼上主持节目唱歌助兴,挣点小钱。后来我也成为一名音乐人,我和阿茂组成的五条人乐队,经常在各地演出表演,在我父母眼里,我们这种方式,也颇有点流浪艺人的感觉。

马戏团

我对马戏团的记忆要更模糊一些,或许它比流浪歌手的历史要更久远?不过,也不一定。现在回忆起来,小学以前的事,在时间顺序上,有点乱了,有一些事分不清楚谁先谁后。

马戏团可以早点来也可以晚点来,对现在的我来说,没什么关系了。

有一次,我们乐队接受杂志采访,我提起小时候见过的一次盛大的民间活动"扮景"。当时各乡各村的人都出动了,大家穿着各式戏服,举着龙虎狮、鱼蟹虾等模型游街，敲锣打鼓、舞龙舞狮地从南门到北门穿过捷胜城，一路吹拉弹唱，场面相当波澜壮阔。记者问我当时几岁，大概五六岁吧，我说。后来她去查了，发现时间是1989年正月二十，那时我三岁都不到。我一直以为三岁以前的事，早就忘得一干二净了，但我对"扮景"前后发生的事，还记得挺清楚的，真是奇怪。其中"扮景"的重头戏之一，一只大狮子，就是我们许家人做的。它不是传统的"舞狮"和"虎狮"，而是一只真实形象的狮子。我几乎记得整个制作过程，先用泡沫板做出狮子的外形，再涂上一种蜂蜜颜色的胶水，等胶水凝固后，将狮子分为头尾两截，再将里面的泡沫板掏空；狮子皮是我妈用布缝制的，当时她是一名裁缝，她还会自己设计衣服呢。我记得，狮子皮贴上去那天，出了点小问题，导致狮子左肋骨那边形成了一条皱褶，这事当时就让我很不舒服。

对马戏团的记忆要比"扮景"更模糊，难道那是在我一两岁的时候？我问过我爸，他也搞不清楚；我打电话问我妈，她说马戏团有来过吗，我现在什么都不记得了，可以问问你外公，他正好今天到家里来。过后，她给我回电说，外公说马戏团五六十年前来过，他说那时候捷胜非常繁华，很热闹，她还说外公他一下子兴奋了，开始聊个不停，一直在聊他小时候的捷胜城。是我记错了吗？不可能，小时候马戏团肯定来过，虽然事情的经过已经很模糊了，但有个场面我印象深刻。

不管了，还是说说我记忆里的马戏团吧，现在想想都觉得很梦幻，我第一次看到了真正的狮子、老虎、马、黑熊。马戏团的大棚就搭在南门外新建乡的市集上，动物关在笼子里。他们带狮子、老虎去游街了吗？可能有，可能没有，这个已经不重要了。但，马戏团的宣传车肯定穿过小镇的大街小巷，车头挂着的高音喇叭肯定也一直都在响。

每逢农历三六九赶集时，市集里人很多，马戏团来了就更热闹了。父亲带我去看马戏，在大棚外面的一处空地上，我见到狮子、老虎、黑熊被关在笼子里。随后的马戏表演我只记得一个场面，就是开场的时候，一个女骑士骑着一匹马冲了出来，跑了一圈便出了意外，不知道为什么，马冲向了观众。当时我好像坐在第二排，它向我这边冲过来。女骑士拼了命拉住缰绳，但它还是撞上了头排的观众。我记得那是一匹红棕色的马，鬃毛是黑色的。观众躲开了没有？有人受伤吗？马戏有继续下去吗？这些记忆不知道被我遗忘在大脑里的哪个角落，我再也记不起来了。

女骑士和我的叔叔吉顿

就在我想努力一把，回忆一下马戏表演细节时，一个会发光的陀螺在脑海里转了起来，浅蓝色半透明的，里面装着个小灯泡，一转它，它就发光，像一只水母。它是我叔送给我的。

我叔叫吉顿，我爸叫吉让。这个名字听起来是有点奇怪，像小说人物的名字，出自那些从外语翻译过来的小说。吉让像日本小说的人物，吉顿像英国小说人物。吉让和吉顿这两个名字走在二十世纪末的中国街头，感觉还是怪怪的，不知为什么，感觉有点轻浮。没错，确实没有俊杰和俊华那么清新自然；更不可能像建军和建国那么大气，那么坚强有韧性；当然也没有华强和华胜那么有出息了。名字奇怪，好像人生也注定要折腾一点。怎么个折腾法？吉让他来得通俗一点，就是生意失败，欠了一屁股债。吉顿就比较传奇，怎么说呢？他像一阵风。

奶奶去世的第二天，我又见到我叔叔吉顿，他消失了快一年，我很高兴再见到他。但是不到一个小时，他便跳上屋顶跑了。当时，三名便衣警察走了进来，其中两名立马上前按住他。吉顿一把甩开，理直气壮地表明自己不是他们要找的人，还甩了一句方言"爱找去荒边找"（意思就是说他不是吉顿，要找吉顿就去那遥远的龟不生蛋的戈壁荒滩找，或者说去一个地球上不存在的鸟不拉屎的海岛找）。其中一个便衣警察是本地人，他是认识我叔的，但假装不认识，另外两个是城区派来的，表情略凶。本地警察拿起一个本子，翻开看了一眼又合上，说了几句话，敷衍过去了，便招呼他们离开。警察们一走，我叔马上跳上屋顶跑了。

那时很少洋楼，大都是瓦房。吉顿从内屋的小花园跳上屋顶跑了。现在想想，这不是闹着玩的，他得很小心。很多老房子年久失修，感觉快塌了，瓦片上还长满石莲和"不死鸟"[1]。如果屋顶上的障碍物只是那些半夜发情的野猫还好，会主动躲你，碰上个别傻猫，一巴掌也就解决了。可石莲一动不动，"不死鸟"也不会飞，全部伏在屋顶。据说这些"不死鸟"来自非洲，来自马达加斯加岛，不知道哪个朝代漂洋过海，跨越千里来到捷胜城的屋顶上。这给那些半夜三更作案的贼、跳上屋顶逃命的英雄好汉，还有地痞流氓都造成诸多不便。屋顶之上没有任何阻挡（废话！），往上就是太空，再接着往上就是挂月亮的地方；月亮借了太阳的光，像一泡灯那样照着吉顿，照着他前行的道路。不知道他翻过多少家房屋，最后在一亲戚家落下，待了一宿，天一亮，赶去车站，坐早班汽车走了。

　　流浪歌手来唱歌时如果吉顿也在场，那么他肯定会带头起哄，活跃气氛；看到流浪歌手被坑，他肯定也会路见不平拔刀相助，五块钱电费肯定会被打剩下货真价实的五毛钱。英雄主义战胜现实主义，

——————

1 多肉植物，落地生根，非常容易繁殖，喜光，喜湿润土壤，也耐干旱。不死鸟家族有宽叶不死鸟、窄叶不死鸟、棒叶不死鸟等多个品种，也常被称为叶生根、叶爆芽、生根草、打不死、接骨草等。

吉顿牛 X。

马戏团尖尖的顶篷也是蓝色的，像个倒着的陀螺。我记起了女骑士的深褐色长筒皮靴、驼色紧身马裤，还记起了马冲向观众的一刹那，她的帽子掉了，但她的一头长发并没有随着马的发疯而随风飘动。我好像还在哪儿见过她，见过她散开了那头长发。她应该在大棚外洗过头，应该是在马戏开始之前，应该是太阳快要下山的时候。我记得她湿润的发丝间有阳光在闪耀，我觉得我叔叔当时应该站在我身边。

她将洗头发的水泼洒在市集的泥地上，她的旁边是关在笼子里的狮子、老虎、黑熊。黑熊在打转，老虎在吼，狮子在哭。我忘了她长什么样子，如果她长得很漂亮的话，比如说像电影《追捕》里的女主角中野良子（她也是会骑马的，在电影里她就骑着一匹马，很威风），我叔肯定会上前去搭讪。吉顿他才不管老虎吼得多威猛，狮子哭得多凄凉，即使黑熊在笼子里把地球都转晕了也阻挡不了他。可惜，我的记忆里没这一幕。

213

疯马村永恒的一天

神秘的骑士

当浪漫主义者们开始用理性的思维方法来讲故事时，疯马村已经形成了。

据《神游记》里面的记载，当年有一支上百人的骑士军队，骑着优种骏马，从遥远的北方大草原过来。他们穿过鸭舌山，绕过啤酒潭，经过乌龟岭，飞过口水湖，一路上只吃地沟油和臭豆腐，历尽艰辛来到了疯马村。那时候的疯马村没有跑马场，只有密密麻麻带刺的果树和几户人家。就当饥饿的骑士们想摘个果实来吃的时候，这上百匹优种骏马像中了咒语似的同时发疯，它们引颈嘶叫，到处狂奔。

可怜的是那些骑在马背上的骑士，突然间控制不住这些畜生，只能任由它们到处乱撞。骑士们有的被树上的刺割破喉咙，有的被刺瞎双眼，有的被撞破脑袋，有的身首分离，惨不忍睹。当时一些善良的疯马村村民将这些残破不堪的尸体缝起来，埋在一起，还树了一个墓碑，写着"百士墓"。

　　一百多年后，疯马村某个村长的儿子在一次跟马赛跑的活动中被果树上的刺刺瞎双眼，于是痛不欲生的村长下令将疯马村所有带刺的果树全部砍掉，村委会一个星期后民主投票决定，建一个跑马场。一个跑马场就此出现，一个美丽的跑马场，一个波澜壮阔的跑马场。

　　有一本乌鸦共和国的公民写的书，叫《东方另类史》，上面简单记载了跑马场建成那天发生的事。其中一个章节说，跑马场建成那天，村长儿子悄悄离开疯马村，他背着弹拨乐器忧伤地离去。后来社会上有传言说他浪迹于各个大中城市，好像有人在某城市的广场边、隧道口、地铁里都瞧见过他的身影。

老鼠王

这段时间我非常渴望得到有关疯马村的一切故事，我从历史书、旅行杂志，还有曾经去过疯马村或将要去疯马村的人那里获得信息，虽然这些信息大多互相矛盾，离奇得鬼都无法相信，但它们在我的脑子里面经过筛选，重新组合形成了一个浪漫得一塌糊涂的疯马村。

我第一次知道有疯马村这么一个地方，是在我六岁那年的夏天，我在市集里听一个卖老鼠药的人提起的。

市集里聚集着各个乡镇的商人和购买者，经常能看到一些奇形怪状的人在用一些乱七八糟的语言对话，各式的方言和各种口音，很多时候你根本不知道他们在讲什么，不过久而久之，你就能通过他们的神情和手势感觉到意义。就是这样，我从一个卖老鼠药的人嘴里提炼出了疯马村的故事，在他那浓重得像打雷般的口音中，了解到他在疯马村度过的那永恒的一天。这家伙非同寻常，他有时表现得比猎人强壮比农民善良，他不说话的时候就像一棵英雄树，耸立在嘈杂的人海里，他脸上的伤疤就像木棉花，当他弯腰系鞋带的时候，就是木棉花成熟之时，人称鼠王的他笑起来像米老鼠，他身上挂满死老鼠，推着装满药罐的推车。我看着他的时候，他正在对着卖发夹的村姑高谈阔论。

鼠王说：

年轻的时候我曾受到一个村子的邀请去帮他们灭鼠，当时该村正遭受严重的鼠灾。老鼠我是见多了，可是一去到那村子，我傻眼了，如果是迪士尼我可以原谅，但那是个贫困的小山村啊，老鼠比天上的星星都多。

一到村口我便用鼠语大叫了一声，不过太大声了就不像鼠语了，所以当时我的声音应该是往前冲的，细长的，像一支箭。顿时，从各个角落——村民的屋顶上、下水道、垃圾桶里、乡村办公大楼的保险箱里、还没睡醒的村民的怀中，发出了一阵阵老鼠们回话的声音。

在乡村办公大楼里，村长跟我描述了整个状况，他皱着眉头，脸粗糙得像蹩脚捏面人的习作，头发倒乌黑发亮,他说:"老鼠们藏在各个角落,远远看见它们,走近了又消失不见。我们无法跟它们正面交流谈判,两个星期前我曾用大喇叭发出通告,邀请它们派个代表来村委会进行和平谈判,但至今都没有消息。它们偷吃了村子里的粮食跟美酒,咬破了枕头跟棉被,在村姑们睡着了的时候还经常偷偷地亲吻她们,最令人发指的是它们还试图偷走她们的梦。我跟上面的人申请了,叫了军队来灭鼠,可是一点屁用都没有,在这样的游击战里先进武器得不到发挥,只能偶尔抓住几只倒霉的小老鼠,在村口枪毙示众。所以今天我们村邀请您这位远近闻名的灭鼠大师,希望用您那古老的方法来让这些讨厌的老鼠们通通下地狱。"

我沉默无语,并不是说我没有办法,我陷入了美好的回忆,记得有一次跟我爷爷在龙伏村的破电影院里,那会电影院里停电,人们在等待来电的时候聊起一些美好往事。我爷爷也不例外,他跟我说起了有一次在一个村里灭鼠的状况,情况就和我现在面临的一样。他用了一种方法让它们上了天堂,不同的是今天我要用同一种方法让它们下地狱。

我让村长在村子外的跑马场中间架了一口大锅，我往锅里放了火麻仁、酸梅籽、罗汉果、无花果、罂粟花、毒蘑菇、青苹果、雪梨加百合、蝴蝶跟蜻蜓、山鸡跟水鸭，还有美丽善良水汪汪的村姑们的吻，然后用糯米酒一起煮了起来，最后加了一点点我爷爷在临死之前交给我的家传秘方。到了晚上八点，我让人打开了盖住这口大锅的青铜锅盖，这是一个战国时期的锅盖，虽说它对这锅浓汤没有什么帮助，但战国时期的锅盖自有它的历史意义，想当年两国开战之前，要么炖锅浓汤来让士兵们的身体更强壮，要么熬些沥青倒在那帮倒霉的敌人身上。

　　青铜大锅盖掀开，那气味顿时飘向四周，布满全村，谁都闻到了：妓女、赌徒、酒鬼、音乐家、政客、圣人，还有午夜牛郎跟多情侠客都闻到了。老鼠就更别提了，它们从各个角落像着了魔似的，排好队一只只往跑马场走去。

　　全部几百万只老鼠都聚集在跑马场，这场面让我有点害怕，浩瀚的宇宙也不过如此，它们水汪汪的眼珠是它们身体数量的两倍，宇宙在照镜子啊。我们的军队用机关枪、坦克大炮、手榴弹、炸药包、火箭炮、微型核弹将它们炸得连毛都没剩一根。整个跑马场烟雾弥漫，只能听得见枪炮声，至于老鼠们是怎么惨叫的，那只能靠想象力了。事后，整个跑马场都是红色的，连围绕跑马场的那深绿色栏杆都一片鲜红色，好不凄凉。

我成了疯马村的英雄，村长说只要我留下来就能享受荣华富贵，给我住村里最好最大坐西向南的房子，给我喝最爽口的美酒，给我吃最美味的豆腐渣，给我吻村里最美丽最善良最薄最凉最清的姑娘的小脸蛋。

我沉默无语，并不是说我左右为难，我在思考留下来是否就会得到村长所说的一切，也不一定，问题是这一切吸引我吗？即使得到了，那又如何，只能说我也就顺理成章成了老鼠了，它们的下场如何，我是再清楚不过的，所以我选择了离开。

第二天黄昏，我在太阳落山的方向远去，背后是全村人民在挥手送行，我轻轻地回过头去再看一眼这可爱的村子，再见了，疯马村！

这是我六岁时所了解到的疯马村，慢慢地我看到的和我听到的信息越来越多，我对疯马村的理解也就更立体了。

牌坊

旅游书上有一篇关于疯马村的报道，内容是讲述疯马村村口的一座巨大牌坊。详细介绍了巨型牌坊的建造过程和它的历史故事。说这个巨大的牌坊是由大理石和黄铜白银做成的高五百米宽九十九米的巨型架子，连接地面的十四根大柱子分别用十六种不同材料做成，分为红柱和黄柱还有绿柱。东南西各三根，唯独北五根，这五根犹如巨型动物的肋骨，高耸入天，据说地基深入地里几万米，直达地球的心脏。每根大柱上都镶嵌有不同的图案，人类所有想象的图形都刻在上面，所有动物的形象也刻在上面。顶部布满花边的横梁是由铝合金做成的，中间的牌匾是由猴子的梦、仙女的眼泪还有失败者的计划书做成的。这个建造历程超过半个世纪、耗掉两代人的心血和一百多万条人命建成的巨型架子，堪称为疯马村史上最疯狂最波澜壮阔的杰作。

它结构严谨，布局周密，造型有趣，气势雄伟，感觉奇怪。据说站在月球的表面上，如果你的视力没问题的话，可以看到它在那闪闪发光。

我不太相信这些，瞎扯淡。虽然是一本权威的旅游杂志，但又如何。一开始我就对杂志里描述的内容表示怀疑，我的直觉告诉我，这里面肯定有诈。理由之一就是它描述得超乎想象的具体，然而连一张照片都没有。一本权威的杂志，一本诚实的杂志，并不代表里面那帮编辑也是有权威的和诚实的，说不定它编辑部里住的就是一群老鼠跟山贼。

我曾听过一个从疯马村回来的老手风琴手聊起一些疯马村的事，当中就有提到了这个巨大的牌坊。

老手风琴手说：

你站在这牌坊的下面，是不会感到自己的存在的，只有阳光打在它表面的刺目的光芒和在牌坊中自由穿行的成千上万的鸟儿。大牌坊的巨大不能用你的渺小来形容，正确的是用你的没有来形容，用你的不存在来形容。

当我从这巨大的牌坊下迈出踏进疯马村的第

一步，我彻底感受到什么叫波澜壮阔。在疯马村只要你会唱歌跳舞、弹琴吹箫、演奏美丽的音乐，那就别怕没酒喝、没肉吃、没漂亮的女人健康的吻。所以这里每天都有各种各样的音乐人、舞蹈家从各地慕名而来。他们在跑马场里从早到晚欢乐狂舞，疯马村的美丽姑娘和英俊小伙不断地从家里送来美酒跟烧肉，芳香跟热吻。在这里你不会再有不自在的快乐、不自在的忧伤、不自在的痛苦、不自在的自信跟骄傲，你的所有感受都是自由自在的，就像锋利的刀子刮破喉咙从里面流出来的鲜红的血液一样的自由自在。

这里面难免也会出现一些小偷骗子笨瓜。小偷会在你高声歌唱的时候，偷走你的歌声，将它送给某个姑娘，从而获得一切本属于你的东西。骗子会欺骗你说在日落时有个美貌女子手拿装满疯马小喇叭花的篮子，从疯马一巷到疯马二巷到疯马大街再到疯马的大牌坊，一路走去，她会跟路上碰见的每一个人热情拥抱并且送予美丽的疯马小喇叭花和最善良的祝福，当然这没什么吸引人的，重点是她若看上你的话就会跟你那个一下。你会像只小猫咪似的赶去，凄凉的是在疯马一巷和疯马二巷你只会遭遇强盗跟穷途末路的瘾君子还有丢失爱情的妓女们的纠缠。

那时候我年轻气盛，我在疯马村的跑马场来回游动。我拥抱每一个姑娘并亲吻她们，给她们讲我这破手风琴的故事并为她们演奏美妙的曲子。作为一个素食主义者，我拒绝了烧肉跟香肠，我只享用美酒鲜花跟甜蜜的爱。

看着这位老手风琴手说话时左脸偶尔抽搐，不停地随地吐痰，时不时掉一两滴眼泪的样子，我也开始怀疑他所说的一切。人不可貌相，但怀疑一个人或一件事情跟这句话没有关系，跟这句话想要表达的意思也没有关系。跟生活习惯还有智慧有关。所以他说的和旅游书上写的，我都怀疑。同时，我个人觉得那座巨大的牌坊不是靠两代人的心血、一百多万条人命、半个世纪的时间建成的，而是靠想象力建成的。

创业难

后来我在猪油城待了几个月。某一次在北区的破酒吧里，我遇见了一个潦倒的商人。他穿着破衬衫喝着廉价啤酒坐在吧台跟人聊起了他曾经的辉煌。当他说到有关疯马村的字眼，我马上就意识到我今晚也许会有所收获。于是我慢慢地走到了这位潦倒的肥皂商人面前坐下，静静地听他讲起了他在疯马村生产肥皂的故事。

潦倒商人说：

肥皂，你也是知道怎么做成的了，对么？那时候我跟我的搭档两人从猪油城出发穿过鸭舌山，绕过啤酒潭，经过乌龟岭，飞过口水湖，历尽艰辛去到了疯马村。那时候一到疯马村我们就拼命地寻找廉价的低档油。因为如果用普通的猪油来制作肥皂的话那肯定没钱赚。后来经过千辛万苦终于找到了一个出售很廉价很廉价的低档油的商人。他这种很廉价很廉价的低档油是从附近一个潲水城运过来的。我们每天从油贩子那里购买整桶整桶的低档油，回来加工制作成一块块精美的肥皂。慢慢地我们的肥皂生意越做大，光靠我和我搭档两个人来制作是远远不够的，所以我们便雇用工人。从刚开始的几个人到后来的几十个几百个几千个再到最后发展成有十万人的疯马肥皂大工厂。这些工人他们大多数是从更遥远的山区过来，年龄从十岁到九十岁都有，他们都很认真很吃苦耐劳地工作。就这样渐渐地我们的疯马肥皂大工厂生产的肥皂销售到全球各国，也就是说全世界无论哪个民族，黑人、白人、黄人、红人、好人、坏人都在用我们生产的肥皂。由于生意太好了，我跟我的搭档俩人忙得像两条狗一样，工人们也就跟着忙起来了，他们平均每个月工作三十一天，每天工作十六个小时，难得碰到节日，他们都只能一边工作一边庆祝。今年春节，我的搭档提出了要给工人们放放假的要求，我也同意，经过商讨我们觉得如果给每个工人放假一天的话，那十万人就是十万天了，这样损失太多了，最后我们决定就给每个工人各放一个小时的假期，这样加起来虽然也有十万个小时，但没办法，我们只能把损失降到最低。他们开心得无法用语言来形容，马上计划着这一个小时的假期要怎么安排，这是长期养成的好习惯了。在我们的工厂里面每个工人必须严格执行各自的计划。最后用了半个小时的时间他们终于计划好了，接下来就是去执行他们的计划。但计划的是一个小时的时间安排，半个小时的时间里怎么做完一个小时的计划，我不知道，这些我不干涉，干涉得太多也不好。所以，接下来的是把计划里的事情都只做一半，他们打招呼打一半，喝啤酒喝一半，给家人打电话拨电话号码拨一半，游泳池的水开一半，就连做爱也做一半。没办法，实在太忙了，我也想给他们多点时间，但实在没办法，太忙了。就这样我们的疯马肥皂大工厂在国际上红得像猴子屁股。我们还莫名其妙地变成世界环保先生。因为我们为环保工作做出了巨大的贡献，我们生产的这种肥皂洗涤后产生的废水，能够被微生物分解，不具毒性。用潲水油做成肥皂是保护环境、重新利用资源的好事情。因此我们挣到了前所未有的钱，我们快乐啊，我们幸福。但，我的朋友，事情总有它不好的一面。我们的厂因为内部出现所谓虐待员工的问题遭遇了世界人权叉叉叉组织的起诉。我也不太清楚有什么问题，但他们就这样来陷害我们，他们说我们用潲水油来制作饭菜供员工食用这种做法会将恶心带到全世界。但，我的朋友，你来评评理，用潲水油来制作饭菜有什么不对，现在整个疯马村不都是这么干的？为什么偏偏就我们被起诉。他们还说在我们制定的厂规下员工们没有任何自由而言，但，我的朋友，我才管不了那么多呢。他们就这样来陷害我们，把我们逼上了绝路。

现在我们一穷二白，我们辛苦建成的人间大工厂现在成了露天电影院，我们的高级别墅成了政府高官办公的地方，我们的一切都成了别人的一切，我们辛辛苦苦栽培的十万个勤劳善良的工人也成了别人的工人，我们的妻子成了别人的妻子，孩子成了别人的孩子，汽车也成了别人的汽车，就连肾脏也即将要成为别人的肾脏。我跟我的搭档一人卖掉一个肾脏，明天它将被开刀切割出来然后送往某个遥远的国家去为某个有钱有权的人服务了，我亲爱的朋友，我到底是做错了什么啊？

我静静地听完这位潦倒的肥皂商人描述的一

切，就像听醉汉在讲一个童话。

仙人跳

今年夏天在一次去猪油城的长途汽车上我无意中听到了两个中年妇女的闲聊。我知道她们有可能在撒谎，夸大或隐瞒某些事情。只要是有关疯马村的事，无论真假我都喜欢，于是，我竖起耳朵静静听着。

妇女1说：

当时我还是个午夜工作者，一年秋天我跟两个小情人到疯马村去做一个新行当：在疯马一巷租一间小房间勒索那些远道而来的流浪乐师。工作安排是，情人A到跑马场去欺骗这些充满浪漫情怀的乐师们，让他们兴奋地跑来疯马一巷寻找爱情，而情人B则藏在房间角落，准备对上当躺在床上赤裸着身体的流浪乐师们挥动拳头；对着他指着我说，你看她多么纯洁，你竟然……我则蹲在地上一个劲地哭。就这样我们从流浪乐师身上得到了很多东西，有美酒、毒蘑菇、大麻子、香肠、扑克牌、诗集、

229

香烟、豆干和咸鱼，还有古代疯马村地图，当然还有多得数不清的乐谱。

我们在春天和秋天干活，夏天思考，冬天冬眠。次年开春我们便离开了疯马村，前往更远的地方去发展。

在疯马村，有一件事让我至今难以忘怀。我碰见了一个俊俏的小伙，他像匹马一样健康结实，像猴子般调皮，嘴巴像狐狸似的甜蜜，一开始我起鸡皮，后来整个心都被拿去，我融化在他略有点斗鸡的眼神里。他是唯一一个在我的情人对他进行勒索时，我紧紧抱着他免遭我情人毒打的人。在这个如此俊美的小伙面前，我的两个情人并没有因为我的举动而感到恼火，他们反而表示理解，出于对美的尊敬，我们四人度过了一个美好的夜晚。次日小伙准备离去时，我们为他送上美酒、香烟、诗集和最美好的祝福，并希望能再次见到他、拥抱他、亲吻他、揉捏他。他微笑着离去了，此后再也没见到过……

我看着这位在讲述她那年轻的美好经历的中年妇女突然间落下泪珠，声音呜咽。她是为她这些美好的故事一去不复返而哭泣？还是为它们根本不存在而哭泣？

南国野史

以下是《南国野史》里有关捷胜王朝的故事，主要讲了捷胜王其中一个儿子下乡视察的所见所闻。

当时捷胜王子从现在的海丰出发，经过一个又一个凌乱肮脏、死气沉沉、布满愁云惨雾悲雨酸风的村庄和县城。他看到人们眼神浑浊、满嘴谎言、发型单调、想法复杂，穿的衣服又丑，有的人头上还长角，一个个胆小如鼠同时又欺善怕恶加落井下石。捷胜王子很难过，心凉了半截。他悲伤地经过乌龟岭，绝望地飞过口水湖，摇着头穿过菜市场，一路上只吃地沟油和臭豆腐。

正当他想死的时候，忽然看到远处霓虹闪烁，炊烟袅袅。部下报告，到了疯马村。

他们一行人走进疯马村，该村男女老少全体出来迎接这位远道而来的捷胜王子。整条疯马大街布满鲜花，烟花也在晴朗的天空中打出白云朵朵；人们在旁边高声歌唱，欢乐舞蹈；香肠腊肉挂满每家阳台，粮仓和院子里满是金灿灿的玉米跟麦子，九色鹿和白鸟也都在厨房的锅里煮着；五颜六色的鸡尾酒在姑娘们手中，小伙子们演奏弹拨乐，敲打蛇皮鼓，唱着一些通俗歌曲；慈祥的笑容镶嵌在每一位老人的脸上，传说中的财神爷也在农村储蓄社的门口派糖，幸福变成现实，转化成海报贴在宣传栏上；小孩们大声高喊：欢迎来到疯马村，欢迎来到美丽的疯马村。

捷胜王子他那颗想死的心不知如何是好。他不敢相信眼前的一切，正如之前不敢相信一路上的所见所闻。他向部下提出想要一个人静静，可是这里没有安静的地方供他思考了。这里每个人时时刻刻都狂乐着。他们只有一种感觉，那就是高兴、快乐。

在笛卡尔的《论灵魂的激情》一书中关于高兴的定义是这样写的：高兴是灵魂的一种惬意情感，也是一种快乐，灵魂从美好的事物中拥有了这种快乐，在灵魂看来高兴必定是好的，而悲伤必定是糟糕的。

疯马村的村规规定，有人一旦有了失落、悲伤、忧郁、绝望这种消极情感，就会被关进跑马场。人们坚信一条定律：快乐的母亲是不会生出悲伤的孩子的，因为悲伤必定是糟糕的。

但在《论灵魂的激情》这本书里，人类的灵魂是复杂的，书里面关于怯弱、犹豫不决、后悔、忘恩负义、厚颜无耻、悲伤、厌倦、爱和恨都有很详细的论述。

可是疯马村啊，它需要人简单点，否则就太复杂了。人一旦被关进跑马场就不被当人来看待，他们跟动物一样吃喝拉撒，被迫辛勤劳动，他们像动物一样赤裸着身体，长出尾巴，头上开始长角。

听到这么傻 X 的事情，捷胜王子他彻底崩溃了。平时在宫里只会放风筝跟写诗，周末就和宫女们研究天文学数星星，要么就跟将军们纸上谈兵斗蟋蟀。突然间要面对真实世界、现实生活、无限的宇宙，他一下子有点不太习惯。

王子的心整个凉掉，他脱光身上的衣裳，绕过欢乐的人群，来到跑马场。他努力地爬上那深绿色的栏杆，跳进跑马场，从此就再也没有王子的消息了。

可是《东方另类史》却是这样描述的：捷胜王子他脱光了身上华丽的衣裳，悲催地围绕跑马场走了一圈便老去了。

骆驼停在斑马线上

一群人在排队等待着什么，他们想去另一个地方，想去玩。很多事情自然而然，小偷偷钱，士兵开枪，做销售的推销，从事保险工作的卖保险，宇航员升天，搞摇滚乐的开始表演。

我们跟随你去到开发区，我们都离开家乡，我们都不是好欺负的。用古老的语言低声清唱，有一种方言人们只在梦里交谈，醒来之后都是早餐时间。

忘了还有一个星球，上面的人都在供房。真是奇妙啊，那些北极光，你什么时候带我去看看，我们需要穿过西伯利亚吗？再等等吧。我等得够凄凉的了，我都老了，再过一年我就彻底老了。快还我钥匙，我要解开脚镣。带我去音乐节现场，我是齐秦的狼，我是鳄鱼、乌龟、王八蛋、受潮的烟、断

了网的直播现场、失去方向的宇宙飞船，我是一只
骆驼停在斑马线上。

鬼故事、八哥鸟、索菲娅，还有一条蛇

鬼故事

凌晨两点多，我从格林豪泰连锁酒店的床上醒来。

周围死一般的寂静。

我躺了有十几分钟，一开始脑袋空空，后来想起了一个女人，我想念她的眼睛，想念她的头发、她的声音、她的身体……慢慢地，意识开始恍惚，我跟着感觉胡乱走了一阵，模模糊糊中浮现了一个鬼故事，那是我们乐队的鼓手长江讲的，说是他的亲身经历，我们将信将疑。

去年在巴西圣保罗演出期间，有一天，我们在当地的一家啤酒屋里喝了一个下午的啤酒。太阳快下山的时候，街头走过两个男人，他们手牵手走到对面的巴士站。在等巴士到来的那点时光里，他们挨着站牌拥抱在一起。长江默默地看着他们，直到巴士到来，挡住了视线，他突然转过头来，说：我给你们讲一个鬼故事吧。

事实上那天他一共讲了两个鬼故事，一个是他亲眼所见，另一个只是传说。他吃了两片火腿喝了一口冰啤酒，清清嗓子像个说书的人那样说：自古戏子多情，爱恨如丝复杂，故事发生在北方。2001年，我上艺校学习，艺校的前身是戏曲学院，当时学校里有很多大排练房，每个排练房都有一面巨大的镜子。据传，一到夜深人静时就有两个脸谱在镜子里飞来飞去，纠缠不清，时不时还能听到哀怨的唱戏的声音。后来才得知，以前真有两个戏子殉情于校园里，原因不详，但这还用我说吗？此事确凿无疑，虽然不是我亲眼目睹。不过，讲这个故事只是想跟你们简单地介绍一下我的学校而已。接下来才是真事，它就发生在我的宿舍，是我的亲身经历。北方的宿舍里有暖气片和暖气管道，暖气片在下面，平时可以烘烘袜子，暖气管道在房顶，可以用来晾衣服。冬天洗完衣服如果着急穿的话，就会搭在暖气片和管道上。有一次，我洗了条裤子将它搭在管道上，裤腿冲下。后来出去喝酒吃宵夜，大家回到宿舍已经快十二点了。一进门，打开灯，看到那条裤子翘着二郎腿坐在管道上。我们几个同学极速退出房间，关门，然后在门口使劲骂脏话（传说骂脏话可以吓到鬼），还用脸盆和暖壶敲出很大的声响（据说敲脸盆也有用）。骂了足足五分钟，进去一看，裤腿变回原形了，就像刚开始晾的那样。

八哥鸟

我看着那条搭在暖气片上的牛仔裤，再看看窗外。

我的床对着一个小窗户，窗外是朦朦胧胧一层雾气。格林豪泰连锁酒店的房间不大，但该有的东西都有。墙上挂着一幅喷画：一只八哥鸟，它站在一块石头上，背景是一坨模糊不清的绿色植物，它那两颗眼珠直勾勾地盯着我，我感觉这只八哥它好像有话要说，它迫不及待地想说几句人话。于是我拿起酒店的圆珠笔一笔一画写了起来：陈小姐在花鸟市场买了一只八哥鸟，一开始它一句话都不说，大家都在逗它，希望它说点什么，但它就是不吭一声，就这样过了一个月。一天早晨，天阴沉着面，感觉像世界末日，突然这只八哥鸟尖叫了一声，在屋里睡觉的陈小姐被吓了一跳，吓到梦都醒了，然后这只八哥就开始说话了，当它没完没了地说了一周之后，大家都希望它快点闭嘴。

我将酒店的圆珠笔按在桌子上写了这串话，让它在白纸上像螃蟹那样横着走。如果在从前，在那个海市蜃楼般的年代，我拿着的这支圆珠笔，它就需要蓄起长发了，然后一头栽在砚台上，接着像冤死鬼那样满头墨汁地来到宣纸里，要么在竹简上不停地转头诉苦，将文字像瀑布那样挥洒出来；现在呢，智能的时代，我用圆珠笔写了个开头，然后就改用拼音输入法将简体字快速输入我的笔记本电脑里：

我闭上双眼，想象我回到了从前，在我的脑海里，哥伦布从教科书里走了出来，他发现美洲大陆的时候我正好在打瞌睡，他卷起教科书狠狠地敲了一下我的脑袋，醒醒吧，你个衰仔。飞机降落在圣保罗，土耳其航空的空姐们打开了机舱，乘客们陆陆续续站了起来，阿茂在旁边抖脚，牛河跟着飞机上播的音乐吹起了口哨，长江坐在前面，他跟两个阿拉伯人坐在一排。

索菲娅

来接机的是个混血儿，叫索菲娅，她那一身衣服似曾相识，好像之前见谁穿过，不知道是在优衣库还是 H&M 买的，不过很合适她，搭配她那一头小卷发，一切都很自然，感觉她生来如此，天生就是穿着这套衣服的。我对美洲的美好印象，就从索菲娅开始的。我们用葡萄牙语打了招呼，她问我们一切都好吗。

是的，一切都好！

从车上看圣保罗郊区的街道，牛河说感觉和番禺差不多，阿茂说全球化确实让很多城市的建筑看起来都差不多，长江在闭目养神，我看着索菲娅的侧脸，她侧脸真的很漂亮。城市的街灯一排排向我们袭来，索菲娅的脸一阵一阵浮现在我面前。我的眼皮一睁一眨，看看窗外这个世界，再看看索菲娅。蒙太奇就是这样，就是我看看你，你看看我，大家笑一下。最后这些记忆和想象还会组合在一起，像熬药那样三碗水煮成一碗，就成美好的回忆了。

从机场到酒店要一个多小时，很快索菲娅就打破了沉默，我们闲聊了起来。她还在读书，学的是新闻专业，由于热爱音乐，这次就来圣保罗音乐周当志愿者。她说很少有中国乐队过来表演，也很少看到中国人来看演出。索菲娅没出过美洲，但她说她知道一些东方文化，她问了问一些中国的情况。长城，你们都去过吗？怎么样？是不是很长？牛河说很长很长，像龙一样，盘踞在山上。我们乐队四个人的英语水平都不怎么好，长江的英文水平是你好再见，阿茂也好不到哪里去，牛河讲得最好，但也就那样，闲聊还可以，复杂的就很难讲了。我的英语水平还停留在早期的卓别林身上。但我知道来的不是英语国家，所以简单地学了一点葡萄牙语，觉得还可以，自我感觉良好。我总是自我感觉良好，我那莫名的自信在语言的世界起到的作用很有限。

我要怎么告诉她长城的长度呢？如果只用"很长"这个词，显得很没诚意。我应该讲讲长城的故事。关于长城的故事有很多，但好像没有一个能很准确地用来展现它的长度。艺术家玛丽娜·阿布拉莫维奇做过一个作品叫《情人·长城》，她和搭档乌雷分别从长城的两端出发，一个从西部沙漠中的嘉峪关往东走，一个从东部渤海之滨的山海关向西走。走了三个月，跨越了几个省，他们才碰面拥抱在一起。长城就有这么长。我能把玛丽娜的故事讲给她听吗？我想可以，不妨试试。这时，汽车抖动了一下，长江也醒了。我对着索菲娅说出一些支离破碎的英语单词，还夹杂着几颗酸葡萄语，它们像畸形儿，缺胳膊少腿、没脑、瞎眼、东倒西歪地从我的嘴巴里走了出来。牛河说，你这口音太牛逼了，太吓人了，你这海丰英语，我完全不知道你在讲什么，但他妈的好像又听懂了。长江也乐了，他对着牛河说，肢体语言很重要，我也看清楚他在说什么了。

　　到了酒店，索菲娅跟前台说了一串葡萄牙语。阿茂用英语问保安厕所在哪里，长江和牛河在外头抽烟。我继续在贵州的格林豪泰连锁酒店里打字，我想再啰嗦一下，提醒一下大家，这不是一篇纪实文章，我已经开始在写小说了，在巡演的路上，除了坐火车，我还要在十几二十个不同的酒店里打发时间。我想试一下，写写我的生活，用我认识的那些字，用我的笔记本电脑，有时候也可以用笔来写。坐在桌子前，泡上一杯立顿。我具备这些条件，天时地利人和。灵感有时候会仙女下凡化装成妓女来敲我的房门，有时候也会像鬼一样来到我梦里。

索菲娅帮我们办理好入住手续之后，告诉我们这附近哪里有便利店，哪里有餐厅。还叮嘱我们晚上出去要注意安全，这里治安不好。牛河笑了起来，他在笑什么？笑得那么自信。那个笑容好像在告诉索菲娅，他将会是最安全的一个，没人敢抢他的。为什么呢，因为他染了一头红头发吗？还是因为他一身的文身？

第二天牛河的手机就被抢了。那是阳光最好的时候，牛河站在一座教堂外面，准备给它拍一张照片，为一会儿发朋友圈积累点素材。

圣保罗的小偷伪装成运动员。两个小偷全副运动装，骑着单车，缓缓地接近牛河，一个轻盈的动作，像给朋友点烟般，用左手轻轻地点走了牛河的手机。我距离牛河十几米，牛河叫了一声。我像箭一般冲了出去。那两个小偷像火箭一样冲下一个斜坡，很快就拉开了距离。在经过一个拐角之后，他们就消失得无影无踪了。我在圣保罗的街头狂奔，感觉很舒服。目的已经不太重要了。我想如果我真的追到了小偷，那更麻烦，老天保佑，幸亏追不到。现在想想，多亏那两位小偷，让我在拉丁美洲完成了一次酷跑，我瞬间打乱了正常的节奏、正常的呼吸、正常的心跳，进入了一种快速播放模式。我在一个三岔路口停了下来。这时远处有一个陌生人在对着我大喊，他指了指右边的那条路，我知道他的意思，游戏还得继续。阿茂他们也陆续跑了过来了。我们又一起跑了几百米，不过这时没跑得那么拼命了，感觉游戏快结束了。

　　索菲娅打来了一通电话，我们约在一个啤酒屋见面。她说那个教堂周围很乱，有很多流浪汉和妓女聚集在那边，抢劫是家常便饭，每周都有亚洲人在那里被抢，旅游团都不敢带游客去那边。牛河一脸不高兴，他说那个手机对他很重要，里面有很多录音资料，记录了很多梦中的旋律，他一醒来就对着手机哼唱，那些旋律是清醒的时候想破脑袋都想不出来的，而且手机很贵，是他姨妈从澳大利亚带回来的。他想去报警，毕竟他是外国人。索菲娅说也可以，去录个口供也无妨，附近就有一个警察局，但找回来的几率等于零。牛河和索菲娅用简单的英语交流着，时不时地在桌子上面比比划划。

美洲的天空上有老鹰在盘旋，印第安人站在警察局门口，他就是个警官，牛河的智能手机走失了主人，梦中的旋律又回到了他的梦里面，索菲娅表示很抱歉，说如果她是个音乐家的话她也会很伤心，因为梦中的旋律肯定都是很美的。牛河这个时候又说：也不全是，也有一些曲子不怎么样，清醒的时候一听，又觉得很垃圾，所以梦有时候是一种错觉。从警察局出来，我们又回来到了啤酒屋，长江开始调节气氛，他一口气讲了三个故事，一个鬼故事，一个黄色笑话，一个悲剧。

第三天早晨，牛河在餐厅吃早餐的时候告诉我，他昨晚梦见索菲娅了，梦见她偷了他的手机之后变成了一条毒蛇。我差点把咖啡喷到他的脸上。这种梦真白痴。我只是笑，什么都没说，继续吃早餐。这时候阿茂和长江也来了，牛河继续将梦告诉他们。长江尝试给他解梦，但他不解释那条蛇，真奇怪，这么重要的东西不解释，最后说在梦里被抢东西是好事，因为梦是倒过来的，就好比说如果在梦里发了大财，变成了李嘉诚，那么在现实中就要倒大霉了，等着上街去乞讨吧。但问题是牛河他先是在现实中被抢劫了，才做这个梦的，我说。这又有什么所谓呢，长江说，就当安慰一下他吧。

黄油抹在面包上，蜂蜜倒进水里，我开始想别的事情了。

挂在餐厅墙上的电视机播着一些商业广告和新闻报道。屏幕里有人在保利斯塔大道上游行，他们在抗议什么呢？在反对什么呢？有个人拿着大声公情绪高涨地喊着口号。然后镜头又回到录播厅，美女主持人用语速很快的葡萄牙语讲了一通。接着就是经典的广告时间，跟我在国内看到的广告差不多，一些洗衣粉、肥皂、巧克力广告。卫生巾的广告也都是用蓝色的液体来代替红色的血。

吃完早饭，饭气攻心，我回去补了个回笼觉。短短的十几分钟里我也做了一个梦。我也梦见索菲娅扭曲着身体变成了一条蛇，她吐出了蓝色的舌头，发夹变成了蝴蝶，衣服蜕变成鳞片，眼睛是两颗红宝石，相当可怕。美洲上空最古老的一颗太阳和一轮月亮都争着抢着要为她照耀，那两颗宝石一会儿发着幽暗的蓝光，一会儿是闪光的炙热耀眼的火焰。面对这样的她，我很紧张，我像只八哥鸟那样一直说个不停，一直在诉说着美洲的苦难和我自己的忧伤。索菲娅她听烦了，头也不回地钻进了丛林深处。

蛇

第二天，在从贵阳去往重庆的高铁上，索菲娅她继续在牛河的梦里蜕变，牛河是个很好的人选，他是一千零一夜里面的人物。在上一轮巡演的时候，为了度过高铁上的时光，他用 iPad 下载了几本书，我问他看的是什么书。他说都是一些玄幻类的小说。我说是关于什么的。他说都是一些打打杀杀的。古代的故事吗？他说不是。那是现代的？他也说不是。

未来的？也不是。那是什么东西？他告诉我是幻界，精神界。那……嗯，有好几个分支，比如说西方魔幻，就是什么魔法啊，龙啊那些，东方玄幻，就是修真，什么元婴期的那种。哦，对了，还有一些是讲都市特异功能的，主角通常是些大学生或者都市白领，就是讲他们突然有了超能力，可以穿越和重生，然后通过魔法获得很多老婆、很多钱，还有获得权力地位啊什么的。总的来说都是在意淫，看这种书主要是不用脑，可以放松一下。

当时我听到这话，感觉有一条龙从窗外飞过，一万头猪在空中跳舞，成千上万个塑料袋在宇宙中飘。牛河拿起斧头在高铁上将现实世界劈开一条裂缝，把我扔进了幻界的垃圾桶里。

后来，我在巡演的路上碰到了形形色色的人，牛河他也从幻界中归来，穿着一件西装，手里拿着一本《通俗小说》。

图书在版编目（CIP）数据

通俗小说 / 仁科著. — 成都：四川文艺出版社，
2022.12

ISBN 978-7-5411-6488-0

Ⅰ.①通… Ⅱ.①仁… Ⅲ.①短篇小说 – 小说集 – 中
国 – 当代 Ⅳ.①I247.7

中国版本图书馆CIP数据核字(2022)第199757号

TONGSU XIAOSHUO

通俗小说

仁科 著

出品人	张庆宁	
责任编辑	王思鈜　王梓画	
特约监制	里所	
特约编辑	里所　后乞　修宏烨	
内文插画	曹斐	
封面设计	曹斐　魏魏　胡馨	
责任校对	段敏	

出版发行　四川文艺出版社（成都市锦江区三色路238号）
网　　址　www.scwys.com
电　　话　028-86361781（编辑部）

印　　刷　河北鹏润印刷有限公司

成品尺寸	110mm×185mm	开　本	32开
印　张	8	字　数	110千
版　次	2022年12月第一版	印　次	2022年12月第一次印刷
书　号	ISBN 978-7-5411-6488-0		
定　价	49.00元		

磨铁诗歌译丛：当代诗人系列

《这才是布考斯基：布考斯基诗歌精选集》
查尔斯·布考斯基（美国）著 伊沙、老 G 译

《关于写作》
查尔斯·布考斯基（美国）著 里所 译

《关于猫》
查尔斯·布考斯基（美国）著 张健 译

《边喝边写》
查尔斯·布考斯基（美国）著 张健 译

《爱情之谜》
金·阿多尼兹奥（美国）著 梁余晶 译

《疯子：西米克诗集》
查尔斯·西米克（美国）著 李晖 译

《以欢笑拯救：西米克散文精选集》
查尔斯·西米克（美国）著 张健 译

《宇宙宝丽来相机：谷川俊太郎自选诗集》
谷川俊太郎（日本）著 宝音贺希格 译

中国当代先锋诗歌现场

《花莲之夜》沈浩波 著

《汉语先锋·2019 诗年选》沈浩波 主编

《五万言》韩东 著

《找王菊花》（中国桂冠诗丛·第二辑）杨黎 著

……

磨 铁 读 诗 会